KB069465

나도 때론 로맨스 소설 속 주인공처럼 살고 싶다

나이가 들어도 로맨스 덕후로 사는 법

나도 때론 로맨스 소설 속 주인공처럼 살고 싶다

나이가 들어도 로맨스 덕후로 사는 법

초 판 1쇄 2024년 02월 22일

지은이 정다은
펴낸이 류종렬

펴낸곳 미다스북스
본부장 임종익
편집장 이다경
책임진행 김가영, 윤가희, 이예나, 안채원, 김요섭, 임인영

등록 2001년 3월 21일 제2001-000040호
주소 서울시 마포구 양화로 133 서교타워 711호
전화 02) 322-7802~3
팩스 02) 6007-1845
블로그 http://blog.naver.com/midasbooks
전자주소 midasbooks@hanmail.net
페이스북 https://www.facebook.com/midasbooks425
인스타그램 https://www.instagram/midasbooks

ISBN 979-11-6910-509-5 03180

값 16,800원

미다스북스는 다음세대에게 필요한 지혜와 교양을 생각합니다.

나도 때론
로맨스 소설 속
주인공처럼
살고 싶다

정다은 지음

나도 때론 로맨스 소설 속 주인공처럼 살고 싶다

미다스북스

프롤로그

PART 1. 서랍 속 그날의 로맨스

PART 2. 웹에서 배운 애정전선

PART 3. 삶에서 마주한 연애의 실체

PART 4. 내일로 나아가기 위한 시선

에필로그

감사의 말

부록

왜 로맨스였을까?

세월이 흐르면서 좋은 점 중의 하나는 자신에 대해 명확히 알아간다는 점이다.

어렸을 때부터 어렴풋이 알게 된 나의 특성 중 하나는 끓는 냄비처럼 급하게 뜨거워지고 금방 식어버린다는 것이다. 어쩌면 '통통 튀는 매력'이기도 했지만, 누군가에겐 종잡을 수 없는 어려운 성격으로 비쳤을 수 있다. 그런 내가 유일하게 식지 않고 꾸준히 해 온 것이 딱 하나 있는데, 그것은 로맨스를 사랑한 일이다.

바로 난 로맨스 소설 덕후이다. 하지만 이 글을 쓰기 전까지,

내가 로맨스 덕후라고는 추호도 생각지 못했다. 단지 취미생활을 열심히 하는 열정적인 여성이자, 언젠가는 로맨스 소설을 한번 써 보고 싶은 감성 풍부한 사람일 뿐이었다. 돌이켜보면 백설공주 같은 디즈니 만화부터 시작해서 순정 만화, 하이틴 연애 소설, 그리고 할리퀸 소설로 확장해 읽었고, 결혼이라는 사회적 계약을 한 이후로는 로맨스 웹소설을 즐겨 읽고 있다.

물론 로맨스 드라마도 매우 사랑한다. 하지만 시청자들이 가장 궁금해하는 부분에서 이야기를 끊는 '절단 신공'을 발휘하는 시리즈물을 기다리는 게 애타고 목마르게 느껴졌다. 그래서 최근에는 기다리지 않아도 되는 이미 완결된 로맨스 소설을 나만의 호흡으로 아껴서 읽는 것을 더 선호한다.

이런 비밀스럽고도 은밀한 취미생활을 함께 공유했던 지인인 대치 언니는 넌지시 나에게 물었다.

"너 로맨스 소설을 킬링 타임용으로 읽는 거 아니었어?"
"아니, 나 힐링 타임에 읽어!"
"헐~."

그렇다. 대치 언니와 대화하면서 비로소 자각하게 되었다. 나는 로맨스 소설을 통해 시간을 죽이는 것이 아니었다. 일상에서 방전된 에너지를 충전하고 힐링하는 사람이었다. 로맨스 소설을 읽을 때는 가장 편안한 시간과 공간을 물색한다. 그리고 숨겨 두었던 사탕을 소중히 까서 입안에 살포시 넣듯이 아끼고 아껴 감칠맛 나게 읽는다. 그것도 아무에게도 방해받지 않는 야밤에 말이다.

로맨스 소설이 나의 유일한 위로가 되어 주던 그해, 2015년부터 몰입 읽기가 본격적으로 시작됐다. 마치 하녀에서 공주로 변신하는 신데렐라 같았다. 내 주변이 고요해지는 순간이 오면 나는 로맨스 소설 속 사랑스러운 여자 주인공으로 빙의한다. 뿅!
피폐했던 일상에서 벗어나, 죽어 있던 연애 세포가 벌떡 살아난다. 다시는 되돌릴 수 없는 젊은 나날들을 회상하고 추억에 젖는다. 현실에서는 마주할 수 없을 법한 판타지 로맨스 소설 속에서 말이다.

단지 콩닥콩닥 로맨스만을 사랑한 것은 아니다. 도통 다른 사람의 삶과 감정을 공감하는 것이 어려웠던, 이성적인 나였다. 그러나 유독 로맨스 소설 속에서는 다양한 감정과 삶에 폭풍 공감이 되었다. 주인공들을 들여다보며 애틋한 사랑이 무엇인지 뒤늦게 깨달았고, 경험하지 못했던 삶을 만나며 용서와 희생과 같은 인간에 대한 다양한 감정을 다시 배웠다. 특히, 온갖 암투 속에서도 대처할 수 있는 처세와 역경 속에서도 잡초처럼 굳세게 견딜 수 있는 집념과 끈기를 간접적으로 체득하는 시간이었다.

이처럼 로맨스 소설은 나에게 유희나 힐링을 주었을 뿐만 아니라, 성숙한 사랑과 관계에 대해 깊이 배울 수 있게 한 감성 코치이자 삶을 재성찰하게 한 멘토같은 존재였다.

이러한 이유로 속수무책으로 로맨스 소설을 읽는 게 좋다.

이 에세이는 "로맨스 소설보다 좋은 것이 없다."라고 외치고 싶은 한 사람의 로맨스 예찬론이자 권유론이다. '나폴레온 힐'처럼 글로써 세상에 성공하는 방법을 알리듯, 로맨스 소설을 접해본 후 유익한 점을 몸소 체험한 나로서는 주변에 외치고 싶다.

우울해지면 안 된다는 말 대신

무너지면 안 된다는 말 대신

로맨스 소설을 보면 된다고

그러나 외칠 수 없으니 이처럼 글로써 공유하려 한다.

이 이야기를 시작하는 또 다른 까닭이 있다.

"나이가 들어도 생각은 늙지 말자."라는 말처럼 나는 할머니가 되어도 설레는 감성은 놓치고 싶지 않다. 그리고 소설 속의 이야기를 통해 연애 조언이 필요한 누군가에게 도움이 되길 바라기 때문이다.

로맨스 소설은 나에게 사춘기 소녀의 마음을 흔들어 놓았던 바람과 같다. 여성의 감정을 인식하게 하고 성인으로 가는 사다리 역할을 해 준 것이 로맨스 소설이다. 지금은 집에 있는 삶의 동지에게 더 영혼을 쏟게 하는 마음의 동력과 같은 비타민이기도 하다.

이러한 순기능이 있는 양질의 로맨스 소설을 우리 같이 읽어 보자고, 시간은 흘러도 오래오래 마음만은 늙지 않고 감성 장수하자고 안내하려 한다. 또한, 그 속에서 앞으로 우리가 이뤄 내야 할 로맨스의 태도와 가치에 대해서도 함께 나누고 싶다.

　우리는 모두 절세 미남, 미녀는 아닐지라도 감성만은 풍부한 매력 있는 사람들이니까.

　그러한 당신이 시간이 흘러 나이가 들어도 마음만은 꽃 청춘이길 기원해 본다.

"로맨스 소설이여, 영원하라!

그리고 우리의 감성이여, 영원하라!"

PART 1
서랍 속 그날의 로맨스

청량함에 스며든 사랑_

제시카는 다 마르지도 않아 엉켜 있는 머리카락을 손으로 빗어 내리며 계단을 쿵쾅쿵쾅 내려온다.

"으악~ 엄마! 오늘 나 약속 있는 것 몰랐어?"

늦잠을 자고 일어난 제시카는 엄마에게 원망하듯 말한 후 소파 위에 놓인 가방을 집어 든다. 손목시계의 바늘이 정각을 향해가고 있는 것을 확인한 제시카는 종종걸음으로 현관을 향하며 옷을 여민다. 잠시 후 '쾅' 하고 1층 현관문을 여는데, 문 앞에 서 있는 한 남자…

– 1994년 오래된 종합장의 기록

위의 글은 내가 학창 시절, 로맨스 작가가 되고 싶은 희망을 품고 종합장에 기록했던 내용 일부분이다. 어렴풋하면서도 선명히 기억나는 이 글을 회고하며 나는 자문해 본다. 과연 무슨 영문으로 그때의 나는 로맨스 작가가 되고 싶었을까?

바야흐로 그게 몇 년 전이지? 횟수로 거슬러 올라가면 나이가 들통나니까 성장호르몬을 뿜어내는 시기라고 하자. 아마 봄에서 여름으로, 소녀에서 여성으로 넘어가는 설렘이 가득한 시기였으리라.

그날은 활짝 열어 놓은 거실 창의 커튼 사이로 달큼한 바람이 살랑살랑 들어왔다. 유난히도 시원했고, 살결에 닿는 촉감이 뭘해도 기분 좋은, 초여름 날의 저녁이었다. 옅은 하늘빛에서 짙은 파란 하늘로 교차할 무렵, 나는 거실 창가 옆에서 배를 깔고 누운 채로 그릇에 담긴 짭조름한 새우깡을 집어 먹는다. 다른 한 손에는 도서 대여점에서 빌린 하이틴 연애 소설을 부여잡고 눈을 떼지 못한다. 엄마는 방 한편에서 향기가 물씬 나는 빨래를 마치 다림질하듯 개고 있다. 가요 프로그램에서 흘러나오는 김원준(당시의 BTS 급 가수)의 노래는 흥겹기만 하다. 매우 일상적이고 평온해서 그 어느 것도 부러운 것이 없는 충만한 시간이었다.

아무튼, 그 순간은 시각, 촉각, 후각, 청각, 미각적으로 나를 완벽하게 만족시켰던 청량한 순간임이 틀림없었다.

책 제목이나 주인공이 누구인지, 어떤 스토리였는지 생각조차 나지 않는다.

다만 "기억은 사라져도 감정은 남는다."라는 말처럼 나의 오감을 만족시켜 주었던 그날의 청량한 감각만이 기억날 뿐이다.

그 청량했던 날, 하이틴 로맨스 소설을 읽었던 것을 계기로 나는 도서 대여점의 죽순이, VIP 고객이 되었다. 엄마의 한숨이 깊어지기 시작한 날이기도 했다.

그렇게 시작된 나의 로맨스 사랑은 중학교 시절까지 몰입 읽기와 편독이라는 습관 형성으로까지 이어졌다. 한 권의 책을 다 읽기 바쁘게 다양한 로맨스가 담긴 책들을 도서관에서 빌려 왔다.

밤늦게까지 소설의 내용을 마치 옛날이야기 하듯, 언니에게 들려주기에 여념이 없었다. 제발 들어 보라고 애원하면서 말이다. 그중 아직도 기억나는 이야기가 있다.

지독히도 서로를 사랑하던 남자와 여자가 있다. 남자는 병이 든 것을 숨긴 채 여자에게 이별을 고하고 떠나간다. 그 후 남자의 이름으로 배달된 짧은 드레스를 받게 된 여자 주인공. 기대했던 결혼 드레스가 아닌 짧은 미니드레스인 것에 실망과 원망을 품는다. 그렇게 선물을 뒤로한 채 여자는 다른 남자와 결혼하고 만다. 딸아이가 피아노 대회에 나갈 만큼의 시간이 흐른 후, 창고에 넣어 두었던 그 드레스를 꺼내게 된다. 드레스를 입은 딸이 빙그르르 도는 그 순간, 짧았던 드레스는 새하얀 웨딩드레스로 좌라락 펼쳐진다. 여자 주인공은 뒤늦게 후회와 그리움으로 펑펑 울게 된다. 가슴이 미어지게 아팠다. 이미 그때는 남자 주인공이 하늘나라로 간 이후였기에.

얼마나 가슴이 절절한가?

물론 지금은 유치하기에 짝이 없는 신파 이야기지만 감수성이 풍부했던 그 시절에는 언니와 부둥켜안고 펑펑 울었던 기억이다. "아주 오랫동안 행복하게 살았어요."라고 모든 로맨스가 끝나지 않을 수도 있다는 것을 알게 된 충격적인 날이면서도, "나는 아픈 사랑은 하지 않을 거야." 하고 다짐한 날이기도 하다.

어쩌면, 나의 호르몬도 소녀에서 여성으로 넘어가는 찰나가 아니었을까 싶다.

단 한 번이라도 로맨스 소설을 읽어 보았는가? 읽으면 괜스레 입가에 웃음이 샌다. 가슴을 졸이거나 감정 이입하여 울기도 하고 카타르시스도 느낀다.

이렇듯 로맨스 소설은 달콤함과 설렘, 미련과 후회, 아픔처럼 삶 속에서 느낄 수 있는 다양한 감정을 담고 있다.

하지만 무엇보다 나에게 로맨스는 하이틴 소설을 처음 만났던 그날의 계절과 날씨, 시간과 감각에 머물러 있다. 그때 그 시절, 사이다처럼 청량했던 기억으로 여태껏 로맨스 소설을 보며 희로애락을 느낀다. 그리고 아직도 로맨스 소설을 달린다.

"오늘은 어떤 남자를 만나 볼까? 웃어 볼까? 울어 볼까?" 하고 말이다.

"갑자기 사랑에 빠졌어. 눈을 떠도 감아도 너만 생각나."

— 김언희의 『론리 하트』 중에서

감성이 없는 인간은 로봇_

1990년대 초 순정 만화 독자들을 퐁당 빠져들게 했던, 그 시절의 전설. 이미라 작가님이 쓴 대 명작이 있다. 그 제목은 바로 『인어공주를 위하여』이다. <하이센스>라는 잡지에서 새로운 연재가 실리는 날이면 너도나도 줄을 서서 그 책을 사기 바빴다. 가장 먼저 교실에 책을 가져오는 친구는 영웅이 되기도 했다. 친구들끼리 책을 돌려 읽었는데, 나는 기다리기보다는 소장하고 싶은 마음에 아껴 두었던 용돈으로 책을 구입했다. 그러고는 눈이 시뻘게질 때까지 재독에 삼독을 반복하며 주인공 푸르매의 아련한 눈빛과 이슬비의 애절한 사랑에 퐁당 빠져들었다.

아직도 푸르매와 이슬비가 서로를 애틋하게 바라보는 애처로운 장면이 떠오른다. 음악이 흐르고 푸르매의 손안에서 서로 비켜지고 으스러지며 소리 내는 두 알의 호두가 인상적이었다. 그때의 나는 호두 두 알이 되어 푸르매의 손안에 있고 싶을 정도로 만화에 푹 빠져 있었다.

뿐만이 아니다. 가수 비와 송혜교가 주연으로 연기했던 <풀하우스>라는 드라마는 원수연 원작인 만화를 모티브로 제작한 것이다. 원수연의 『풀하우스』가 그토록 좋았던 이유는 주인공의 매우 훌륭한 비주얼뿐 아니라 통통 튀는 싱그러운 로맨스였기 때문이다.

엄마에게 물려받은 집을 지키려는 여자 주인공과 연예인 남자 주인공 간의 산뜻한 사랑이라니.

듣기만 해도 설레는 스토리와 클리셰가 아닌가?

이 외에도 이미라의 『은비를 위하여』, 『사랑입니까?』, 원수연의 『Let다이』, 『엘리오와 이베트』, 카미오 요코의 『꽃보다 남자』가 생각난다. 『꽃보다 남자』는 드라마로도 제작됐었다. F4라는 꽃미남들의 사랑을 듬뿍 받는 여자 주인공(주인공으로서는 듬뿍이 아닌 괴로움이었을 수 있지만)과 만약 지금의 분위기라면 학폭으로 당장 신고를 당하고 철창에 갔을, 재벌가 남자 주인공 구준표의 러브스토리이다. 꽃보다 남자를 생각하면 수업 시간에 몰래 돌려보다가 짝꿍만 선생님께 걸려서 꾸중을 들었던, 미안한 기억이 동반되기도 한다.

나는 그 시절 이런 순정 만화들이 왜 좋았을까?

이외에도 그 당시 인기가 많았던 천계영의 『언플러그드 보이』, 『오디션』 등도 있었다. 그런데 그때의 나는 성장이나 도전이라는 키워드보다는 '로맨스'에 빠져 있었다. 도전과 성장이라는 키워드에 빠졌더라면 지금의 내가 조금 달라졌을까 싶기도 하다.

여리여리한 여자 주인공이 되고 싶었을까? 아니, 나는 아주 감성적이기도 하지만 현실을 냉정하게 파악하는 이성적인 인간이기도 하다.

내가 순정 만화부터 하이틴 로맨스 소설을 거치고 지금까지도 로맨스 웹소설을 읽는 이유!

단지 로맨스여서다.

로맨스의 사전적 의미를 검색해 보면 '남녀 사이의 사랑 이야기. 또는 연애 사건.'이라고 되어 있다. 남녀 사이의 사랑 속에서 느껴지는 아련함과 설렘에 내 마음이 뜨겁게 반응한다. 대부분의 연애 소설은 해피엔딩이다.

만약 해피엔딩이 아닐 경우, 독자들은 어마어마한 항의를 한다. "주인공 살려 내! 꼭 해피엔딩이어야 해! 또는 내가 결제한 돈 돌려줘!"라고 말이다. 왜냐하면, 로맨스를 읽는 이유는 말 그대로 행복한 결말을 보고 싶기 때문이다. 이것은 과일을 먹는 이유와도 같다. 싱싱하지 않고 싱거운 과일보다는 신선하면서도 달고 맛있는 과일을 먹고 싶은 게 당연지사가 아닌가 말이다.

그리고 나는 로맨스에는 당연히 쫄깃쫄깃 노란 고무줄처럼 밀고 당겨지는 밀당이 필수 불가결하다고 생각한다. 처음부터 직진으로 사랑이 완성된다면 밋밋하고 재미가 없다. 반드시 서로에 대한 오해가 생겨야 하고 누군가의 방해를 받아야 재미있다. 물론 현실에서는 이런 일이 있다면 가슴 쓰라리고 아플 테지만 말이다.

하지만 로맨스 소설은 현실을 대신해 나의 판타지를 채워 줘야 하므로 반드시 서로 오해가 쌓이고 밀당에 여념이 없어야 한다.

소녀의 감성이 충만했던 1990년대는 머리로 생각하기보다 이성에 눈을 띄우는 호르몬의 영향으로 그냥 콩닥콩닥 꽁냥꽁냥이 본능적으로 좋았으리라.

그런데 이런 취향이 나만의 감정이 아니란 것을 확신하게 된 이유는, 그렇게 1990년대를 휩쓴 로맨스 이야기들이 어느 순간부터 다시 웹 사이트에 재연재되고, 웹툰이나 드라마로 만들어진다는 점이다. 어쩌면 레트로 감성이 유행처럼 돌고 도는 것이라고 여길 수도 있지만, 로맨스에 유행이 어디 있나?

로맨스는 세계 베스트셀러이자 스테디셀러인 성경에도 나오지 않는가? 가장 태초의 만남이자 사랑의 주인공인 아담과 이브. 이것이 내가 로맨스 소설을 그만 볼 수 없는 이유이기도 하고, 우리가 봐야 하는 이유이기도 하다.

로맨스는 인간 본연의 본능이자, 우리가 존재하는 이유이기도 하고 앞으로 이뤄 내야 할 미래이다. 로맨스 소설은 저질이고 하위 부류의 책이라는 듯, 하대하는 눈빛으로 바라보는 사람들도 있다. 그러나 나는 거기에 대항하여 말하고 싶다.

"로맨스 없는 인간은 로봇."이라고 말이다.

모든 종교에서도 사랑이 제일이라고 하지 않나? 사랑은 곧 로맨스이고 로맨스는 곧 모든 사랑의 시초이다.

♪세상에 가장 제일은 로맨스요~♫

이러한 나의 로맨스 예찬은 절대적으로 옳다고 본다. 그러니 많은 사람들이 로맨스 소설을 하위문화로 치부하거나 부끄러워하지 않길 바란다.

오히려 소녀 또는 소년 감성을 아직도 소유하고 있는 것에 대해 대단한 자부심을 느끼며, 어디서든 당당하게 로맨스 소설을 읽기 원할 뿐이다. 온 세상에 로맨스가 울려 퍼지게 말이다. 그리고 "나 감성 있는 사람이야!"라고 크게 외치길.

로맨스를 사랑하는 사람은 생물로서, 누구든 사랑할 준비가 된, 그런 생기 있는 존재일 테니까.

"너를 사랑했다. 그것이 내 인생이었다."

— 솔체의 『바스티안』 중에서

책을 통해 만난 첫사랑의 서막_

우스갯소리로 "북한도 무서워서 쳐들어오지 못한다."라고 말할 만큼 폭염과도 같은 나이 중2.

나조차도 나를 주체할 수 없었던 감정이 요동치던 그때 그 시절. 열다섯 살의 나이에 나의 첫사랑은 뜨거운 열병처럼 찾아왔다. 우린 숙명처럼 도서관에서 만나게 된다.

은근히 덕후 기질이 있던 나는 하나에 꽂히면 한 달이든 일 년이든 하나의 음식만 먹거나 무엇이든 파고들곤 했다. 가령 초콜릿이나 바게트와 같이 입맛에 맞는 음식에 한 번 빠져 버리면 질릴 때까지 죽어라 그것만 먹었다. 고등학교 친구는 어른이 된 지금도 이야기한다. "너 학교 마치고 독서실 갈 때마다 바게트 사 갔잖아."라고 말이다. 물론 아직도 그 친구는 내가 바게트를 베고 독서실에서 잠만 자다 온 것은 모른다.

아무튼, 은근한 나의 덕후 기질은 때마침 도서관에 꽂히게 된다. 공부는 하지 않아도 된다. 도서관에 간다는 관념만으로도 나는 우등생이 된 것만 같다. 그래서 주말이면 무거운 가방을 메고 가벼운 발걸음으로 도서관에 간다. 그곳에서 풍겨오는 학문적인 책 냄새와 고풍스러운 책장들, 학생들의 발소리와 속삭임이 마치 나를 모범생으로 만들어 주는 것만 같다. 특히 제일 좋아하는 장소는 종합열람실이다. 무수히 꽂혀 있는 손때 묻은 책들이 마음의 허기를 채워 준다. 마음만 먹으면 어떤 책이든 꺼내서 볼 수 있는 그 공간이 주는 안락함과 충만함에 항상 종합열람실부터 찾던 나였다.

그리고 운명처럼 만난 그 남자, 권혁수!

나는 열 살 때 한 소녀를 만났습니다.
그 이후 나에게 하나의 이름이 되어 버린 그 소녀를 위해 내 모든 것을 바치기로 결심했습니다. 목숨까지도…

- 하병무의 『남자의 향기』 중에서

바로 『남자의 향기』이다. 제목도 야시꾸리한 이 느낌.

1995년 출간된 하병무의 소설이다. 무엇보다 이 책은 당시 나의 우상이었던 배우 김승우와 명세빈을 주인공으로 한 영화로 제작됐을 만큼 히트작이었다. 물론 나는 책으로 먼저 만났고, 그 책이 명성을 얻은 후 영화로도 제작된 케이스이다. 그런데, 어라?! 이 책이 아직 대여되지 않고 있다니? 누가 가로챌세라 덥석 잡은 후 빛이 잘 드는 창가 쪽 자리에서 책을 펼친다.

'아… 남자 멋있다. 그런데 비록 같은 핏줄은 아니나 여동생을 사랑하는 비운이라니.', '도대체 왜 사랑하는 여자를 다른 남자한테 보내냐고! 보내지 않았다면 이런 비극적인 결말은 없었을 텐데.' 나 혼자 소리 없는 아우성이다. 그리고 눈물이 주르륵 볼을 타고 흐른다.

이렇게 슬픈 결말임에도 내가 이 책 속의 남자 주인공 수혁을 첫사랑이라고 여기는 이유는 오직 하나이다. 백설기같이 순수한 소녀의 감성을 품고 있던 나에게 어른의 세계를 알려준 소설이어서다. 궁금하다면 책을 읽어 보아야한다. 자세히 보아야한다.

『남자의 향기』를 계기로 나는 매주 책을 빌려 보게 된다. 도서관의 진정한 우등생 또는 모범생이 된 것이다. 로맨스 소설 최다 대여자로 말이다.

당시 로맨스에 열광하는 사람들 사이에서는 할리퀸 소설 대표 작가인 주드 데브루가 완전 인기였다. 그 시절 소녀들의 마음을 핑크빛으로 물들이는 작품들을 대거 내놓았다. 물론 논란도 많았다. 외설인지 소설인지에 대한 분분한 의견들이었다. 뭐어찌 되었든, 덕분에 나는 로맨스 소설 덕후가 되어 종이책 연애 경험 데이터를 꾸준히 쌓아 갈 수 있었다.

안타깝게도 세모눈을 한 도서관 사서가 '도서 대여 금지령'을 내리기 전까지는 말이다.

"학생, 이제 이런 책 그만 빌려 보세요."

"…."

나의 두 눈은 동공 지진이 일어나고 뻐끔뻐끔 입술만 달싹인다.

"저 19금 내용 때문에 빌리는 거 아녜요."라고 묻지도 않은 말에 대한 답을 마음속으로만 외치고 있다. 그렇게 오해받는 것이 아주 억울하기만 했다.

그럼에도 나는 수치심을 무릅쓰고 도서관에서 많은 첫사랑을 만났고, 다양한 로맨스를 간접적으로 경험할 수 있었다. 현실에서는 겁이 많았던 나였기에 오히려 책으로 대리만족했는지도 모르겠다.

어쩌면, 일본 영화 <러브레터>에서 남녀가 도서관 책장 틈새 사이로 눈을 맞추며 사랑에 빠지는 장면처럼 서정적인 그림을 꿈꿨는지도.

그러던 중 "지성(至性)이면 감천(感天)이다."라는 말처럼 나에게도 로맨스가 찾아왔다.

얼굴이 배꽃처럼 하얗던 너.

무리 속에서 유난히도 반짝반짝 빛나던 너.

첫사랑이라고 불러도 될까 싶을 정도로 플라토닉 했던 나의 현실 첫사랑 말이다.

그러고 보니 그에게서 처음 받았던 선물도 책이었구나.

『서편제』는 과연 어디로 갔을까…?

"취향 아닌 남자와 연애해 보는 거 어때?"

— 미요나의 『사귀다』 중에서

매력적인 상대를 찾는 꿀 조언_

로맨스 소설을 읽다 보면 로맨스를 사랑하는 사람들끼리 공유되는 단어들이 있다.

찌통: 가슴 아픈 사랑

구르다: 상대방의 마음을 아프게 한 후 후회하는 일들이 일어난 것

고구마: 답답한 인물과 전개

사이다: 시원한 인물과 전개

절륜남: 19금의 남자다움이 넘침

먼치킨: 혼자 해결할 수 있는 무한한 능력을 갖춘 능력자

대형견남: 대형견같은 남자로 여자 주인공을 지켜주는 남자

키잡물: 어린 이성을 키워서 사귀거나 결혼하는 등 쟁취하는 것

역키잡물: 연하가 다 큰 후 연상에게 고백하는 것

피폐물: 상대방이나 주변 인물로 인해 몸과 마음이 힘들어지는 것

회귀물: 1회차 인생을 끝낸 후 2회차 3회차 등 다시 태어나는 것

역하렘: 여자 주인공이 수많은 남자 주인공에게 사랑을 받는 것

기다무: 기다리면 무료

　　(하루나 삼일 간격 등으로 연재되는 내용을 무료로 읽음)

　처음엔 이런 단어들이 무슨 뜻인지 몰라서 초록 창에 검색하기 일쑤였다. 우연히 로맨스를 사랑하는 사람들이 모인 카페 '로사사♡'에 가입하고, 감사하게도 많은 정보를 얻을 수 있었다. 정말 없어서는 안 될 국보급의 카페이다. 그리고 웹소설 플랫폼 후기나 작품설명 등에서도 도움을 받았다.

　신조어이기도 하고 로맨스 용어 같기도 한 낯선 단어들을 검색하며 알아가는 재미도 있었다. 모든 도서가 십진 분류표에 근거하여 나뉘듯이 로맨스 세계에도 나름의 분류체계가 있는 게 아닌가?

　그렇게 손품을 팔아서 알게 된 장르는 크게 로맨스, 로맨스

판타지, 판타지 등으로 나뉜다. 좀 더 자세히 들어가면, 현대판 로맨스, 서양·동양풍 로맨스, 회귀물, 무협물 등으로 분류된다.

로맨스 소설은 개인의 취향이 매우 반영되기에, 내가 비록 로맨스 덕후라 하더라도 모든 종류의 로맨스를 좋아하진 않는다. 특히, 나는 현대판 로맨스 또는 시대물에 매력을 느낀다.

무협 요소가 있거나, 주인공들이 뱀이나 여우에 빗대어 표현되는 판타지 요소가 강한 로맨스 소설은 선호하지 않는다. 로맨스 자체의 감정선에 집중할 수가 없기 때문이다. 이런 이유로 조심스럽게 주장한다. 모든 동·식물에게는 미안하지만, 로맨스는 인간만 했으면 좋겠다고 말이다.

처음으로 로맨스 판타지를 접했을 때는 대부분 서양 배경으로 분량도 많고 주인공의 이름도 길어서 관계도를 정리했었다. 하지만 그동안 이불속 어둠에서 유희를 즐기다 보니 지금은 노안이 왔을뿐더러 긴 글을 읽기에는 집중력도 부족하다.

아무튼, 이러저러한 이유로 요즘은 현대판 로맨스나 시대적 분위기가 반영된 동·서양풍 로맨스 소설까지만 즐기고 있다.

특히, 로맨스 소설을 선택할 때는 이야기의 소재가 중요하다. 웹 사이트에 들어가면 맞춤 검색이 가능하도록 똑똑한 필터 기능이 있다. 재회물, 오래된 연인, 친구에서 연인으로, 라이벌, 사내 연애, 계약 연애, 정략결혼, 소유욕, 독점욕, 질투, 속도위반, 선 결혼 후 연애 등등.

이처럼 로맨스 소설의 분류 조건을 보고, 내 개인 취향을 반영하면 된다. 손가락으로 터치 또는 클릭.

그와 동시에 독자들이 정성스레 작성해 놓은 별점과 후기가 영롱하게 뜬다. 쇼핑할 때처럼 로맨스 소설을 구입, 구독할 때도 기필코 별점과 후기를 고려해야 한다.

그리고 또 하나! 반드시 미리 보기를 봐야 한다는 사실이다. 초반에 묘사되어 있는 주인공들의 특성을 살핀 후 취향껏 선택해야 실패가 없어서다. 이 과정을 거치지 않고 읽다 보면 도대체가 몰입되지 않고, 내 스타일이 아닌 주인공들과 조기에 이별하는 읽덮(읽다 덮음)에 직면할 가능성이 크다.

미리 보기를 본 후 기대되는 소설을 골랐다면, 거기서부터 마음 설레는 만남이 시작된다. 나의 공상과 상상의 세계 속에서 그리던 나만의 로맨스 주인공과 함께.

나는 초반에 메디컬, 법조계, 전문직, 왕족, 귀족 등의 단어로 검색했다. 그리고 많은 쿠키와 캐시를 지불하고 나서야 내가 선호하는 남자 주인공의 정체성을 인지하게 되었다. 그건 바로, 무심한 척 챙겨 주는 츤데레남, 똑똑한 뇌섹남, 능력남, 재벌남, 능글남, 후회남, 무심남, 대형견남 등이다. 흠… 모두 다인 것 같기도 하다.

어쨌든, 애정하는 작가로는 해화, 솔체, 서은수, 홍수연, 이유진, 우지혜, 조강은, 김언희 등이다.

물론 취향이나 선호도는 바뀔 수 있고, 좋아하는 작가의 책이라도 호불호가 나뉠 수 있음을 안다. 왜냐하면, 로맨스 소설은 개인 취향의 판타지니깐.

로사사 카페에 들어갔더니 유명한 3대 선배, 3대 연하, 3대 서방도 있었다. 워낙 유명해서 찾아보았는데, 역시 내 취향과 일치하는 것도 있지만 기대에 못 미치기도 했었다.

그러나 나는 포기하지 않는다. 앞으로도 로맨스 소설을 열심히 읽다 보면 재탕에 삼탕, 로태기(로맨스 소설 권태기)가 올 때마다 꺼내 보고 힐링할 수 있는, 취향에 딱 맞는 나만의 애(愛)

book을 만날 수 있다는 걸 알기 때문이다.

우리는 태어나서부터 죽을 때까지 각종 매체 속에서 로맨스를 보고 느끼며 살고 있다. 하물며 21세기에 인기를 끌고 있는 남녀 매칭 프로그램인 〈짝〉, 〈하트시그널〉, 〈환승연애〉, 〈돌싱글즈〉 등만 보아도 남녀 간의 사랑을 테마로 한 방송에 사람들이 얼마나 열광하는지 알 수 있지 않은가?

지구라는 세상은 로맨스로 이뤄져 있고, 로맨스로 가득하며, 로맨스 해야만 한다.

그래서 오늘도 나는 초록색 창에 '로맨스 소설'을 검색해 본다. 물론, 개미지옥 결재 후 텅 빈 통장을 마주하지 않으려고 애쓰면서 말이다.

"멀리서 보면 무채색이지만 가까이 보면 무지개."

— 정원의 『소심한 순영』 중에서

서랍 속 그날의 로맨스

다수의 남자 친구와 안전한 만남_

나는 남자 친구들이 많은 인기녀이다.

다만, 아쉬운 점은 그 남자 친구들이 모두 소설 속 종이 남친이라는 점이다.

요즘 '핸썸 영 앤 리치'라고 불리는 잘생긴 젊은 부자 남자는 로맨스 소설 속에 다 있다. 소설 속에서는 나의 취향대로 주인공들을 고를 수 있다. 그뿐만 아니라, 동시에 여러 책을 읽으며 문어발 로맨스를 마음껏 펼칠 수도 있다. 초현실적인 사랑도 충분히 가능한 것이다.

이 얼마나 마법 같은 일인가?! 이것이 내가 로맨스 소설을 예찬하는 이유이다.

육아로 길어지는 휴직에 몸과 마음이 너덜너덜해졌을 무렵 지인과 취미에 대해 공유하던 날이었다.

"그럼, 웹툰 하나 볼래? 추천해 줄게!"

그 제목은 바로 『한 번 더 할래요?』였다. 그 말을 하던 친구의 표정과 미세하게 떨리던 내 동공의 감각이 여전히 남아 있다. 전혀 그런 웹툰 제목과는 어울리지 않았던 지인이었기에 내적 충격이 컸던 게다. 아니면 내 머리 속의 음란 마귀던가.

시간이 흐른 후 그 말을 기억해 냈고, 검색하던 끝에 운명의 로맨스 소설을 알게 되었다. 일상과 함께 꺼져가던 나의 덕후 기질도 다시 견고해지기 시작했다. 그렇게 소설을 읽는 것은 엄마가 되기 전에 겪지 못했던 과중한 역할과 책임에 대한 보상이었다. 눈이 침침해질 때까지 로맨스 소설을 읽고 또 읽었다. 일상이 현망진창(현실 엉망진창)되지 않으려고 정신 줄을 잡아가면서 말이다.

그렇게 알게 된 종이 남자 친구들이 가끔 생각날 때면 언제든 다시 만난다.

작가 해화의 『연애결혼』 속 준필 씨, 솔체의 『울어봐, 빌어도 좋고』속 마티어스, 홍수연의 『바람』속 유원 씨, 『정우』속 정우, 강미강의 『옷소매 붉은 끝동』속 정조 등이다.

　아무튼, 말하자면 입이 아플 정도이다. 로맨스 소설 속에서 나는 독보적인 외모로 빙의되어 한 남자 또는 여러 남자의 선망을 받는 존재가 되는 기적이 일어난다. 그냥 무한대의 사랑을 받는다. 그 속에서 나는 행복한 비명을 외칠 뿐이다.

　물론 서사 속에서 모든 주인공이 처음부터 행복한 것은 아니다. 주인공은 어렵고 답답한 고구마 환경 속에서 많이 구르기(고생한다는 뜻)도 한다. 또 잘 나가고 대단한 이성 앞에서 구질구질해지는 순간도 맞닥뜨리게 된다. 그럼에도 중요한 것은 아무리 슬프고, 답답하고, 후회하더라도, 결국은 행복한 결말로 우리에게 만족감을 선사한다는 것이다.

　간혹, 슬픈 결말도 있는데, 행복한 로맨스를 선호하는 나로서는 받아들일 수 없다. 행복해지려고 보는 판타지인데 굳이 불행한 결말로 찝찝한 마음을 가질 필요가 있을까? 조금이라도 슬픈 결말이라는 것을 알게 되면, 나는 처음부터 그 소설은 보지 않는다. 단, 펑펑 울고 싶은 날은 빼고.

나는 어려운 상황에서도 굳세게 이겨 내는 캔디 캐릭터를 좋아한다. 남자는 물론 테리우스겠지? 일단 잘생기고 집안 좋은 재력남도 좋고, 자수성가해서 능력 있는 상무님이나 대표님도 좋다. 그리고 어떤 전쟁에 나가더라도 백전무패 하는 불사조, 수호신과 같은 영지 주인과 백작도 원한다. 좋아하는 캐릭터는 무궁무진하다. '다지 선다' 선택지를 주더라도 어려울 정도이다.

반면 현실에서의 로맨스 상대들은 어땠을까?

불현듯 옛 소개팅남이 떠오른다. 부모님께서 모두 전문직이고 B자로 시작하는 비싼 스포츠카를 타던, 수험생이자 백수였던 그분. 어영부영 소개팅은 했으나 미적지근한 대화를 이어가며 시간 죽이는 킬링타임을 보낸 후 헤어진다. 그런데 기어코 자신이 데려다주겠다고 한다. 소유한 차량에 자부심을 가지고 있던 그였기에, 진심 어린 나의 거절에도 불구하고 계속 차로 집까지 데려다 주겠다고 하는 게 아닌가?

하지만 심지 곧은 신사임당 정신을 발휘하여 나는 끝까지 타지 않았다. 견물생심이라고, 혹시라도 차를 본 후 사람보다 배경 때문에 호감이 생길까 봐 겁이 났던 것 같기도 하다.

한때는 '그냥 한번 타 보기나 할걸…' 후회하며 나 자신을 책망했었다. 혹시 좋은 사람을 놓쳤던 건 아닐까? 또 진심으로 데려다주려고 했던 그 사람의 마음마저 폄훼한 것은 아닌가? 하고 말이다. 하지만 뭐, 어쩌겠나. 이미 지나간 과거일 뿐인데.

결국, 그 만남으로 얻은 깨달음은 무조건 한 개인의 매력과 능력이 있어야 연애를 시작할 수 있다는 것이었다. 이는 로맨스 소설 세계와도 일치한다.

물론 소설 속에서 능력이 없는 남자 주인공도 간혹 보이지만 그들은 연하남의 매력 부자이다. 고로 소설이든, 현실이든 간에 만남을 위해서는 개인의 능력이나 매력은 필수 불가결한 조건이라는 점이 유추된다.

단, 여기서 능력은 그 사람의 환경보다는 개인이 가진 역량이다. 물론 배경까지 좋으면 금상첨화겠지만 말이다. 또 절륜하면서 마초의 남자도 있긴 하지만 그것은 취사 선택할 문제이다.

하지만 나는 가련하고 박복하게도 현실에서 그런 남자를 만나진 못했다. 나 또한 절세 미녀가 아니라서일까? 그래도 일단 매력 부자라고 질러본다.

어쨌든 결론은, 현실에서는 불가능하지만 종이 남자 친구만은 이 모든 것을 충족시켜 준다. 왜냐고? 로맨스 장르 자체가 판타지니깐! 계속 말해 입이 아프다. 그래서 나는 많은 이성 친구를 간접 체험하고, 사랑을 실현하고 싶은 사람은 기필코 "로맨스 소설에 입문해야 한다."라고 말하고 싶다.

로맨스 소설이 여성 독자를 위해 편중된 경향도 다소 있지만, 감성이 짙어서 드라마를 좋아하는 남자들도 분명히 재미있는 요소를 찾을 수 있다.

모처럼 여유 시간이 생긴 오늘, 로맨스 소설 속 종이 남자 친구와 마주해 보아야겠다.

"그 정도 노력 아깝지 않을 만큼 나 괜찮은 남자야. 후회하지 않게 만들어 줄게."

— 이파람의 『마음을 벗다』 중에서

대세 고품격 로맨스 소설_

내좋로작은 '내가 좋아하는 로맨스 작품'이란 뜻의 줄임말이다. 내 맘대로 정했다.

그렇다면 나의 내좋로작은? 단연 자신 있게 말할 수 있다. 현대판 로맨스 중에서도 책임감 있는 남자가 나오는 작품이다. 그 주인공은 가정형편이 힘들어도 성실성과 노력만으로 자신의 분야에서 인정받는 남자, 자기 삶에서 충실히 무언가를 해내는 사람으로 그려진다. 그중에 굉장히 아끼는 소설이 하나 있다. 바로 해화의 『연애결혼』이다.

재탕, 삼탕은 물론이고 내가 로맨스 소설 권태기에 빠질 때도 자신 있게 찾는 소설이다. 물론 다른 사람의 취향은 아닐 수 있다. 그런데 유독 이 소설 속 주인공은 왜 나의 최애 중의 최애가 되었을까?

소설 속 남자 주인공은 어렸을 때 부모를 여읜 후 여동생을 잘 거두려는 책임감과 성실함으로 살아간다. 오랜만에 마음이 가는 여자를 만난 남자 주인공.

그러나 제대로 된 사랑을 받아 본 적이 없던 터라 마음을 어떻게 표현해야 할지 어렵기만 하다. 그로 인해 생기는 오해와 갈등으로 마음이 아려온다.

물론 주인공들은 사랑스럽고 지혜롭게 어려움을 헤쳐 나간다. 그중에 나는, 갈등을 해결하는 과정에서 보이는 감정선에 많이 공감되었다.

나 또한 남자 주인공처럼 사랑받고 표현하는 것이 어색했던 경상도 여자 중 한 명이었다. 달콤하고 부드러운 표현보다는 장난스러운 표현이 살가움을 대체하는 집안 분위기에서 자란 탓에 감정 표현이 서툴기만 했다. 물론 지금은 감정을 공감하고 그나마 표현하게 되었지만, 아직도 쉽지 않은 영역이긴 하다.

그래서인지 표현이 미숙했던 로맨스 소설 속의 남자에게 더 많이 감정을 이입하게 되었다. 그리고 주인공인 두 사람을 마음속 깊이 지지하게 된다.

또 다른 하나는, 남자 주인공이 일찍 돌아가신 부모님을 대신해 여동생을 돌보며, 자수성가한 삶을 산다는 것 자체를 응원하고 싶었다. 비록 소설일지라도 말이다. 그런데도 불구하고 그 위치에 있는 것 자체가 얼마나 대단한 것인지를 세상을 조금 살아 보니 알게 되었기 때문이겠지. 이렇듯 나는 로맨스 소설을 통해서 사랑만 배우는 것이 아니다.

로맨스 소설도 소설의 한 장르로 경험하지 못한 삶을 대신 살아볼 수 있는 기회를 제공한다. 그래서 소설 속 다양한 사랑 속에서 감정과 관계, 삶의 태도도 배울 수 있다. 이것이 내가 로맨스 소설을 읽는 중요한 이유이기도 하다.

결혼을 한 후 로맨스 소설을 대여하려고 동네 도서관에 갔더니 로맨스 소설은 입고하지 않는단다. 그리고 희망 도서로 반영하지 않는 도서관도 여러 곳이었다. 궁금한 것은 해결해야 직성이 풀리는 나로서는 물었다.

"이 도서관에는 왜 로맨스 소설이 없나요?"
"로맨스 소설은 소설이 아니에요."
"…"

중학교 시절 이후 두 번째로 맞은 당혹스러운 펀치였다. 나는
또 마음속으로만 따져 묻고 있었다.
'소설의 기준이 대체 무엇인가요?!'

간혹 도서관 투어를 다니다 보면 로맨스 소설을 많이 소장한
따뜻한 동네를 만날 때가 있다. 여긴 사막의 오아시스! "다양성
을 인정해 주는 지혜롭고 현명한 사서가 있는 곳이구나." 하고
씩 미소 짓는다.
그리고 과거처럼 도서관 죽순이 소녀가 되어 낭만과 환상의
세계로 퐁당 빠져 본다. 어렸던 시절 수줍게 표지를 가린 채가
아닌, "다들 봐라~ 나 이 책 본다."라고 말하듯 당당한 표정으
로 무장한 채 말이다.

강조하지만 더 이상 웹 소설, 즉 로맨스 소설은 저품격의 비주류가 아니다. 유려한 문장으로 사람의 마음을 움직이는 필력이 좋은 책들이 너무나도 많다. 사람 간의 관계성과 삶을 배울 기회를 우리에게 제공하는 고품격의 로맨스 소설들이 차고 넘쳐난단 말이다.

그러니 더 이상 사람들이 로맨스 소설에 대한 편견을 버리고 다양성을 인정하는 개방적인 사고를 했으면 한다. 남들이 어떻게 생각하든 말든 괘념치 말고서 말이다. 나 또한 과거처럼 로맨스 소설을 볼 때, 힐끗 뒤돌아보지 않는다.

만일, 앞으로 로맨스 소설에 대한 3차 펀치를 맞게 된다면, 그땐 뻔뻔한 표정으로 당돌하게 말할 테다.

"로맨스 소설이 대세인 것 모르시나 봐요!"

"겨울이 좋은 이유는 그저 한 가지. 내 창을 가리던 나뭇잎들이

떨어져 건너편 당신의 창이 보인다는 것."

　　　　　　- 이도우의 『날씨가 좋으면 찾아가겠어요』 중에서

덕후의 주의사항_

로맨스 예찬론자로서, 세상 사람들에게 로맨스 소설을 보고 연애하라고 당당히 외치더라도 의외의 상황에서 얼굴이 화끈 했던 경험이 있다.

그 아찔했던 순간은 바로, 들키고 싶지 않았던 사람에게 나의 덕후 취미를 들켰던 그날이다. 그 감각과 기억은 뇌리에 잊히지 않고 선명하게 남아 있다.

로맨스 소설의 덕후 기질이 가장 절정에 이르렀을 무렵, 낮 동 안 머릿속은 로맨스 소설 이야기로 가득 차 있다. 그 에너지로 낮 에는 열심히 육아한다. 마음속으로는 밤이 오기를 간절히 기다 리면서 말이다. 동시에 다가올 힐링 타임 속에서 몰입할 로맨스

도서를 아이들이 낮잠을 잘때 틈틈이 고른다.

드디어 기다리던 육아 퇴근 시간! 육아를 해 본 사람은 말하지 않아도 그 해방감과 환희를 알 것이다.

먼저, 로맨스 소설을 읽기 위한 시동으로 냉장고 속 시원한 캔맥주를 딴다. 그 청량감과 이름 모를 쾌락의 감정을 유지한 채 만나고 싶었던 주인공이 나오는 소설을 클릭한다. 그 후 소설과 물아일체가 된다.

우연히 만나는 운명 같은 연인들을 보면 설렘이 가득하다. 그런데 책 속 주인공들은 마음을 숨긴 채 서로의 주변만 빙글빙글 돈다. 그리고 오해가 생긴다. 절정의 순간은 바로 지금! 그토록 간절히 바라던 사랑의 줄다리기를 하는 지점으로, 나는 황금 구간으로 칭한다. 끝도 모를 도돌이표처럼 읽고 읽힌다. 문득 옛 추억도 떠올리면서 말이다. 뭐 어쩔 수가 없었다. 그렇게라도 버텨야 했던 암흑기였던 시절이었기에.

그렇게 질릴 정도로 너덜너덜하게 읽은 후 어김없이 한 번은 나오는 19페이지를 읽는 찰나였다. 이상하게도 설명할 수 없는 이 싸한 기운은 뭐지? 정적인데 정적 같지 않았다. 모로 누워 있던 자세를 바꿔 뒤돌아본다. 어둠 속에서 나의 눈과 마주친 두 개의 눈동자. 바로 남편의 눈동자다. 잠들었다고 믿고 있었던 남편의 눈빛은 비웃음과 비난의 그 중간쯤이다. 당혹스럽다.

하필, 그 19페이지를 읽을 때라서 말이다. 그간 나를 오해하고 로맨스 소설을 부정했던 도서관 사서들의 생각이 마치 기정사실이 되어 버린 순간 같았다.

흡사 남편들이 19금 영상을 보다가 아내에게 들킬 때의 마음이 이와 같을까?

어두운 숲속에서 만난 맹수와 초식동물이 대치하는 듯한 기분이다. 나에게 유리하고 기세 있는 빠른 판단을 해야 한다. 맹수는 내가 되어야 하기에. '적반하장'이라는 정공법으로 밀어붙인다. 그것은 바로, 오히려 방해받아서 짜증 난다는 듯이 큰소리치는 것으로 기본값을 설정하는 것이다.

"아, 뭐야!"

그제야 남편은 나의 약점을 잡았다는 표정과 저열한 웃음을 띤 채로 말한다.

"도대체 뭘 보는 거야?"

나는 민망함을 뻔뻔함으로 둔갑시킨다. "몰라도 돼!" 그러고
는 다시 머리끝까지 이불을 덮고 누었다. 마음속으로는 부끄러
움에 백만 번도 넘게 이불킥을 하는 중이다.

그래서 그날 이후 어떻게 되었냐고?

나는 고민 끝에 건강한 로맨스 소설 읽기를 유지하기 위해 AI
회유법으로 남편을 포섭했다.

"자기야~ 글쎄, 여기 나오는 이야기가 우리 연애 이야기 같
아! 남자 주인공도 너무 멋있어. 마치 자. 기. 처. 럼. 말. 이. 야."

그렇게 남자 주인공과 남편을 일체화하는 방법을 통해 나의
소중한 취미 생활은 가정 내에서 공식적으로 인정받게 되었다.

누구에게나 정서를 순화하고 해소할 수 있는 취미 하나쯤은
있어야 한다. 그것이 나에겐 로맨스 소설인 셈이다. 얼마나 건
전하고 일상생활에 적용하기 좋은지 읽어 본 사람만이 안다.

연애 경험이 많거나 다수의 남자 친구를 보유한 사람이 아닌
이상 이성의 마음을 들여다볼 기회는 많지 않다.

그러나 로맨스 소설을 통해서 아주 쉽게 남녀의 연애사를 들여다보고, 연애의 기술도 배울 수 있다.

'이렇게 일방적으로 매달리면 오히려 더 질려하는구나.', '말하지 않아도 나를 헤아려 주는 사람이 진국이구나.' 등으로 말이다.

누군가는 영화를 보며 로맨스를 즐긴다. 또 부모님 세대는 삶의 희로애락이 담긴 아침 연속극이나 미니시리즈 등으로 로맨스 감정을 대체하는 듯하다. 그런데 이것은 섭외된 배우가 마음에 들지 않았을 때 몰입을 방해하기도 한다.

하지만 로맨스 소설은 상상 그 이상이다. 내 취향대로 외모를 상상하고, 시공간을 초월하여 연애할 수 있는 자유공간이다. 이 것이 결국 내가 로맨스 소설을 손에서 놓을 수 없는 이유이다.

삶이 무료할 때, 다양한 유형의 이성들을 탐구하고 싶을 때, 연애를 하고 싶으나 현실에서 잘 성사가 되지 않아 답답함을 느낀다면 망설이지 말고 로맨스 소설 읽기를 시작하라.

나는 은밀한 다단계 형태로 취미를 전파하고 있다. 나의 판도라

상자 속 로맨스 소설 리스트를 공유받은 사람마다 백발백중 만족한다는 답변을 해준다. 그럴 때마다 나는 작은 희열을 느낀다.

"생명을 가진 사람이라면 당연히 재미있겠지." 하고 말이다.

그러니 망설이지 말고 로맨스 소설을 읽었으면 한다.
단, 공공장소에서 19페이지가 나오는 순간에는 잠시 망설여도 좋다. 앱을 잠시 멈추고 살짝 뒤돌아보는 형태로 말이다.
말 그대로, 후방주의!

> "너를 원하게 되고부터… 나는 늘 벌겋게 달군 숯불 위에 서 있는 기분이었어. 그거 어떤 건 줄 알아? 잠시도 발을 멈출 수가 없는 거야."
>
> ― 김수지의 『상수리나무 아래』 중에서

글쓰기 강의를 들어 본 적이 있다. 강사는 사투리와 같은 다양한 글체로 글을 써 보는 것을 권하셨다. 그때 이 소설이 생각났다. 이 책은 티키타카 어투로 유머 있게 기술되어 배꼽 빠지게 유쾌하다. 여자 주인공의 매력 또한 철철 넘친다. 바로 조효은 작가의 『그녀의 정신세계』라는 책이다.

이 책은 제목처럼 여자 주인공의 정신세계를 아주 흥미롭게 표현한다. 특히, 독백 부분이 너무 공감되고 통쾌해서 까르르 소리 내 웃게 되는 로맨스 코미디 장르이다. 더군다나 누구나 선망하는 의료계에 종사하는 남녀 주인공 설정은 많은 사람들의 판타지를 충족시키기에 너무나도 완벽한 조건이다.

의과대학 선후배로 만난 두 사람. 사고뭉치 여자 후배와 엄격하고 칼 같은 남자 선배가 남녀 주인공이다. 번번이 사고를 치는 여자 주인공이 못마땅한 남자 주인공. 두 남녀 주인공의 삽질로 인해 생기는 오해와 그 과정에서 사랑이 싹트는 이야기이다.

이 책은 로맨스 입문서와 같은 책으로, 로맨스를 사랑하는 사람들 사이에서 계속 회자한다. 나 또한 처음으로 이 책을 읽은 후 조효은 작가의 모든 책을 탐독했었다. 그렇게 작가의 유쾌한 소설들로 삶을 힐링했다. 어쩌면, 나도 시원한 성격을 가지고 유쾌한 사랑을 하고 싶다는 마음으로 대리만족했던 것 같다.

이제껏 인생을 살면서 주인공처럼 시원하고 유쾌한 사랑을 해 본 적이 있는가? 후회스럽게도 없었다. 가만히 생각해 보면 나는 무심녀에 가까웠다. 왜 이 책을 만나기 전에는 몰랐는지 모르겠다. 한 번쯤은 미친 척 나를 내려놓고 사랑에 빠졌더라면 좋았을 텐데.

만약 그랬다면, 지금 로맨스 소설을 보지 않았을까?

많은 로맨스 소설에서 볼 수 있는 오해와 갈등 상황이 생기면 고슴도치처럼 가시를 뾰족하게 세우고 보호하기에 급급했던 나였다. 어쩌면 겁이 많아서이기도 하고 사랑에서는 이기적인 여자라서 그런 것도 같다. 감정적으로 손해 보고 싶지 않아서 안 그런 척, 괜찮은 척했었다. 그럼에도 표현이 없었을 뿐 마음이 없었던 것은 아닌지라 참 아프기도 했었다.

시간이 약이라는 말처럼 나이가 들면서 나를 내보이는 내면의 창도 커지고, 특유의 넉살도 생겼다. 하지만 안온한 연애를 추구했던 과거가 조금은 후회스럽게 다가오기도 한다.

그런데 이 소설 속 여자 주인공 또는 조효은 작가가 저술한 다른 소설 속 주인공들은 결정적인 순간에 용기를 낸다. 그리고 유쾌하게 사랑을 한다. 그래서 나는 『그녀의 정신세계』를 보면서 '나도 즐겁게 연애했더라면 인생이 조금 달라지진 않았을까?' 하고 상념에 잠겼었던 기억이다.

이러한 이유로 자신의 삶을 위해 고군분투하는 사람들과 지금 연애가 힘든 청춘을 만난다면 말해 주고 싶다.

"인생을 진지하게만 살지 않아도 된다고, 진지하게만 살면 재미없다."라고 유쾌하고 즐겁게 살면 손해 보지 않는다. 아니, 더 좋다. 더 이득이다. 유쾌하게 살아야 삶이 유쾌해지고 연애도 더 즐거워진다.

또 다른 깨달음은 남녀를 불문하고 연애 상대를 잘 만나야 한다는 것이다.

물론 이 소설 속 남자 주인공은 너무 훌륭하다. 하지만 웹 소설 입문 초기에 섬광처럼 지혜가 찾아왔다. 사랑에 대한 강한 마음이 자칫 잘못하면 삐뚤어질 수 있다는 것을.

몇몇 소설들은 남자 주인공들의 행동이 과격하거나, 현실에서는 데이트 폭력으로 보일만한 점들 때문에 독자들의 항의를 받기도 했다. 그래서 전체 등급으로 출판되었던 소설이 급하게 19금으로 등급이 바뀌는 것을 보기도 했다.

이처럼, 소설에서 볼 수 있는 사랑의 모습이기도 하지만 현실이라면 용인되지 말아야 할 내용들도 있다. 이를테면 왜곡된 사랑의 한 형태인 집착과 스토킹, 사랑으로 포장된 폭력과 가스라이팅 등이다. 그래서 사랑한다는 이유로 소설에서 간혹 나오는 무분별한 표현이 다 가능하다고 오해하면 절대 안 된다. 이 부적절한 행태가 나를 너무 사랑하기 때문이라고 기필코 착각하지 말기를.

이 같은 내용이 들어간 소설은 피폐물로 분류된다. 말 그대로 인물이나 환경 때문에 삶이 피폐해지는 장르를 그렇게 칭한다. 나도 피폐물을 접하긴 했지만 선호하진 않는다. 오히려 지양한다.

왜냐고? 그야 삶이 피폐해지고 잘못된 연애관과 나아가 인생관에 부정적인 영향을 주기 때문이다. 그 서사 속 주인공의 삶에서 공감하고 얻는 것이 있다면 물론 가치가 있다. 하지만 소설을 읽는 내내 마음이 가라앉는다고 느껴질 때는 과감히 손에서 내려놓는다.

우리에게는 더 많은 꿈과 희망을 주는 밝고 행복한 로맨스 소설이 넘치게 기다리고 있다. 이는 현실에서도 마찬가지다.

조금은 왜곡되거나 사랑하기 때문에 나의 자존을 내려놓게 만드는 피폐함은 사랑이 아니다. 이 사람 말고는 더 좋은 사람이 없을 것 같은 아주 오래된 착각으로, 앞으로 다가올 빛과 같은 로맨스와 인생을 놓쳐서는 안 된다.

왜냐고? 그야말로 우리는 사랑받아 마땅한 소중한 사람이자, 우리 인생의 로맨스 주인공이기에!

"똥차 가고, 벤츠 온다."라는 진리를 믿는다.

그래서 혹시라도 지금 연애의 시작을 고민하는 사람이 있다면 밀고 당기며 서로 호감을 느끼는 썸을 탔으면 좋겠다.

반대로 헤어짐을 염두에 두고 있다면 하루라도 빨리 헤어졌으면 한다. 헤어짐이 고민이라는 것만으로도 상대방은 나에게 믿음보다 불안을 주었고, 기쁨보다 인내와 열받음을 주었을 게 확실하기 때문이다.

그러니 마음을 잘 헤아려 본 후 유쾌한 연애로 인생 2회 차를 행복하게 시작하길 바란다.

다만, 선택은 조언을 주는 주변인의 것이 아닌, 삶의 설계자인 주인공의 몫이다.

마음이 몽글몽글해지는 유쾌한 로맨스로 건강하게 사랑하는 우리가 되길.

> "종잡을 수 없는 변덕스러운 봄 같은 남자한테. 안돼."
>
> — 최준서의 『사랑도 처방이 되나요?』 중에서

맹목적인 사랑의 아픔과 뜨거움_

옛날 사람들도 로맨스를 당연히 했지! 했어! 그러니깐 지금까지 후손들인 우리가 존재하는 거 아니겠어? 궁에서 로맨스를 어떻게 했는지에 대한 호기심으로 이 책을 집어 들었다. 무려 세 권인 장편 소설···. 나에게는 장편 소설이었다.

그러나 긴 호흡이 필요한 이 책을 동이 틀 때까지 밤새우며 단숨에 읽어 버렸다. 그리고 나의 베스트 오브 베스트 리스트에 바로 등극.

그 책은 바로 윤태루 작가의 『궁에는 개꽃이 산다』이다.

제목부터 좀 독특하지 않은가? 그런데 제목 속에 아주 슬픈 복선이 있다. 그 내용을 알게 되는 순간 폭풍 오열이 나오기 시작한다.

이야기하자면, 동궁과 왕세자빈의 로맨스이다. 왕세자빈 개리는 동궁에게 어쩌면 지나치고 왜곡된 일편단심의 마음을 가진 여자이다. 그래서 동궁에게 접근하는 여자들을 물불 가리지 않고 패악 무도한 방법으로 처단하고 만다. 그 모습이 과연 동궁 눈에는 예뻐 보일까? 세자빈으로서 자격은 있어 보일까? 차갑기만 한 동궁 언과 더 삐뚤어지고 과격해지는 개리의 이야기가 흥미롭게 진행된다.

결국, 세자빈 책정 바로 한 걸음 앞에서 또르르 눈물이 흐른다. 개리를 보낼 수밖에 없었던 언.

남자 주인공은 여자 주인공을 떠나보내고서야 진짜 사랑이었던 것을 뒤늦게 깨닫는다.

이 책은 개인 취향이 아주 강한 작품으로, 남자의 이기적인 행태 때문에 부정적인 댓글을 다는 독자가 많다. 그리고 "도대체 왜 그 책을 좋아해?"라고 묻는 사람도 있다.

반면, 나처럼 열광적인 팬도 매우 수두룩하다. 물론 신파라는 개인의 취향때문이기도 하지만, 나의 선호 포인트는 바로 이것이다.

'대의와 로맨스의 사이.' 그리고 '이뤄질 수 없는 사랑.'

누구나 손에 쥐지 못하고, 상대가 잡히지 않는 사랑을 할 때 그 사랑이 더욱 애절해지는 법이다. 그리고 한 번씩은 있을 것이다. 이루지 않았던 사랑과 주변 환경으로 인해 이룰 수 없었던 사랑 말이다.(없으면 말고!) 결국은 해피엔딩이긴 하다.

더 말하고 싶지만, 나는 이 책을 안 본 눈을 가진 사람들이 직접 읽어 봤으면 좋겠다. 그래서 이야기를 함께 나누었으면 한다.

이 책을 생각하면 떠오르는 로맨스 소설 친구가 있다. 우린 로맨스 소설을 함께 읽고 이야기 나누며 취향을 알아가고 리스트를 공유했었지.

마침 아이들의 나이가 비슷해서 육아 스트레스까지 공유했던 대치 언니이다. 대치동에서 나고 자라서 별명이 대치 언니지만, 대치스럽지 않아서 더욱 매력적이었던 대치 언니!

인생의 암흑기이자 젊음의 전성기였던 그 시절, 우리의 만남은 우연이 아니었다. 때마침 아이들이 폐렴으로 입원하게 되고, 우린 필연처럼 소아병동에서 만나게 된다.

그렇게 아이들을 재운 후 시작된 '토크 어바웃 로맨스 소설'

그때의 분위기와 서로의 표정과 대화 내용들이 생생하다. 로맨스 소설 외에도 다양한 책을 속독하던 지적인 대치 언니가 나에게 물었다.

"넌 이제껏 제일 재미있게 읽었던 책이 뭐야?"

"어, 난 『궁에는 개꽃이 산다』였어."

"(이해할 수 없다는 듯이 눈이 커지며) 이제껏 읽은 책 중에 제일?"

"어!"

"…"

그렇다. 난 진심으로 궁개꽃(줄임말)이 제일 재밌었고, 감동스럽고 내 인생에 영향을 준 책이다.

주인공의 개성 있는 성격이며, 플롯이며, 클리셰며 딱 내 스타일이다. 여자 주인공의 미숙한 표현을 보며 나도 언제 한 번은 경험했던 것만 같아서 연민을 느꼈다.

좋아했기에 어긋나게 표현했었던, 지난 시절의 놓쳐 버린 로맨스가 아쉬워서였을까?

무엇보다 어려운 상황 속에서도 주인공들이 서로를 끝까지 놓지 않았던, 사랑의 진실함이 나의 마음을 울렸다.

어쩌면 '그런데도 불구하고'를 내 인생에 새기게 해 준 명작이라고 말하고 싶다. 내가 어둠의 긴 육아 터널을 지날 때 누군가 툭 하고 책을 던져주어, 어려운 상황에서도 문제를 타개하고 이겨내기를 바란 것은 아니었을까. 그리고 나는 나에게 묻는다.

"너는 누군가에게 목숨처럼 뜨거운 사랑을 준 적이 있었니? 혹시 다른 이가 한을 품을 만한 상처를 주진 않았니?"

이처럼, 이 소설은 나를 철들게 했다.

결코 남녀 간의 사랑이 항상 행복한 것만은 아니다. 오해와 시기, 질투 등 험난한 난관들도 존재한다. 누군가에게나 일어날 수 있는 일들이다. 그러나 그 과정을 대화로 잘 풀고, 서로를 더욱 이해하는 교집합을 찾아낼 때 남녀관계는 잘 유지되고 행복할 수 있다고 믿는다.

물론 가장 선행되어야 할 점은 나를 내려놓고 상대를 맹목적으로 추종하는 게 아닌, 나를 먼저 뜨겁게 사랑하는 것이다. 남에게만 받고자 하는 사랑과 인정은 그것이 사라졌을 때 나를 존립하기 어렵게 하기 때문이다.

스스로 바로 서지 못한다면 상대 또한 나를 온전히 볼 수 없다. 그러니 영리해지려 한다.

소설 속에서 이점을 일깨워 준, 실제로 존재할 것만 같은 언과 개리에게 감사의 말을 전한다.

그리고 힘들었던 그 시절의 나에게 조금의 위안과 위로를 주었다면, '이 소설은 나에게 소임을 다 한 것이 아닐까?'라고 생각해 본다.

> "황제가 아니고 싶었다. 차라리 민가의 평범한 사내이고
> 싶었다."
>
> — 윤태루의 「궁에는 개꽃이 산다」 중에서

간절함엔 대담한 용기를_

믿고 보는 작가, 홍수연의 『바람』은 필력이 과히 예술이다.

바람으로 포문을 여는 이 책은 우리가 마음속으로 간절히 바라는 '바람'에 가까운 이야기이다. 어렸을 때 정을 주고, 커서 사랑을 나누는 키잡물이라고 일컫는 분류에 속할까?

소녀였던 시절에 만난 오빠에게 마음을 준 사랑 이야기로, 물론 친오빠는 아니다. 고아였던 여자 주인공을 남자 주인공이 친동생처럼 애틋하게 돌봐 온 그런 관계이다. 처음부터 더 적극적으로 사랑을 표현하는 쪽은 여자이다. 어렸을 때 자신에게 정을 주었던 오빠를 향한 그리움과 연모, 그리고 적극적인 다가섬을

볼 수 있다.

그러나 애통하게도 비극적인 사고가 날 때까지, 남자 주인공은 사랑하는 연인이 어렸을 적 만났던 그 동생이란 것을 기억해 내지 못한다.

함께 했던 추억이 연상되는 분수대 앞에서 다시 만난 그들. 헤어진 후 재회하는 장면이 참으로 인상적인 소설이다.

"한눈에 날 기억했으면 좋겠어요."

– 홍수연의 『바람』 중에서

그녀의 바람대로 남자 주인공은 머리카락이 짧아진 뒷모습을 보고도 한눈에 여자 주인공을 알아본다. 함께하고 싶었던 간절한 바람 덕분이었을까? 책장을 덮은 후의 먹먹함이란 이루 말할 수 없었다.

이 책이 나에게 준 인상은 '아련함'이다. 왜 서로 상처투성이가 된 후에야 사랑을 확인할 수 있었을까? 물론 나 같은 독자는 꼬이면 꼬일수록 더 애틋하게 여기며 좋아한다.

그럼에도, 도의적인 책임감 때문에 마음을 감추는 무거운 두 사람을 보며 읽는 내내 답답한 고구마처럼 여겨졌다. 그나마 다행인 것은 이야기가 차가운 바람을 지나 따뜻한 봄바람으로 끝난다는 점이다.

나는 긴 시간 동안 행복했지만, 불완전했던 남녀를 바라보며 한동안 생각에 잠긴다.

만약 내가 여자 주인공이라면, 용기를 내어 마음에 품은 사람을 다른 사람에게 보낼 수 있었을까?

주인공에게 빙의되어 본다. 일단, 내 사랑이 누군가에게 상처가 된다면 그게 최선이라고 믿으며 연인을 보내 주었을 것 같다. 시크한 척 보낸 후 밤마다 질질 울더라도 말이다.

반면, 대의가 아닌 자존심 때문에 누군가를 놓아주는 것이라면 반드시 용기를 내 잡아야 한다고 생각한다. 거절에 대한 두려움을 안고서라도 말이다.

왜냐하면, 그 결과가 실패로 끝날지언정 용기를 냈던 경험은 삶의 큰 자산이 된다는 것을 알기 때문이다. 그 아팠던 경험이 앞으로 더 좋은 사람을 만나게 할 마중물이 될 것임이 틀림없기에.

대중들에게 알려진 <환승연애> 프로그램에서도 나는 느끼고 배운다. 얼굴을 공개하면서까지 과거 연인과 함께 프로그램에 나온 마음은 간절함일 것이다. 헤어지거나 환승을 하더라도 과거 연인과의 후회 없는 사랑을 하기 위해 애쓰는 마음으로 비춰진다. 이것이 시청자들이 그들의 사랑을 응원하는 이유가 아닐까? 마지막까지 최선을 다하는 사랑.

나는 함께 일했던 동료에게 이런 말을 들은 적이 있다.

소개팅에서 만난 남자가 자신의 취향이 아니어서 더 이상 만나지 않으려 했다고. 그런데 두 번 세 번 만나니 너무 좋은 사람임을 알게 되었고, 지금은 그 동료가 남자를 더 사랑하게 되었다는 말이었다.

이처럼 만남에 최선을 다한다면 평범한 상대가 계속 보고 싶은 애틋한 사람으로 다가오는 순간도 있으리라.

이에 반해, 요즘 사랑은 다소 쉬워 보인다. 물론 쉽지 않다고 항변 받을 수 있지만, 요즘 '썸'이라는 태세만 보아도 알 수 있다. 사람을 쉽게 만나고 쉽게 헤어지는 것을 말이다. 어찌 보면 옛날 사람의 시각일 수 있지만, 그럼에도 여전히 지고지순한 로맨스는 존재한다. 와인처럼 보면 볼수록 더 깊어지는 밀도 있는 로맨스는 분명히 있다고 믿는다.

시대를 불문하고 누군가를 사랑하는 것은, 본질적으로 본연적으로 본능적으로 너무 소중한 가치이다.

그러니 "누군가와 함께하고 싶은 간절한 마음이 있다면 최선을 다해 봐."라고 말하고 싶다.

만약 지금 좋아하는 사람이 있는데 망설이고 있다면, 무조건 용기 있게 고백한 후 자신의 로맨스 역사에 아쉬움을 남기지 않았으면 한다.

그렇게 후회 없이 최선을 다한 선택은 앞으로 다가올 만남에서 마음을 적절히 조절하고 분배하도록 도울 것이다. 과거를 통해 미래의 더 나은 나와 상대를 만날 수 있음이 자명하기에.

모든 경험이 삶을 만들 듯, 최선을 다해 본 연애 경험을 통해 최고의 사람을 만나길 바란다.

"해도 후회, 안 해도 후회."라는 말처럼 어차피 후회할 거면 해보자. 그래야 억울하지 않지.

마음속으로 끙끙 앓지 말고 지금 짝사랑하는 그 또는 그녀, 또는 다가올 미래인(人)에게 용기 내서 표현해 보기를 응원한다.

"간절히 너와 함께하고 싶은 바람이 있다고… 지금 너여야만 한다고."

> "나는 다시 태어나면 지사장님 몸의 일부분으로 태어나야지.",
> "눈 코 손… 아니다, 심장으로."
>
> — 홍수연의 『바람』 중에서

눈치 보지 않는 내가 되어_

"난 좋습니다, 자령 씨."

귓속말도 아닌데 속삭인 것만큼 그의 목소리가 달콤하다.

"딱 좋습니다."

– 해화의 『연애결혼』 중에서

해화 작가의 소설들은 현실적이다.

응당 현대판 로맨스 소설이어서 그럴 수 있지만, 대부분 생활 밀착형 소설이다. 예를 들면 여자 주인공은 공주가 아니다. 물론 남자 주인공도 왕자가 아니고 무조건 승승장구하는 상무나 사장만 있는 것도 아니다. 친구, 회사 거래처 사람, 소개팅으로 만난 사람 등으로 우리 옆에 있을 법한 사람들이 주인공이다. 그래서 좋다. 왠지 나에게도 일어날 것만 같은 느낌을 주어서일까?

앞에서도 잠깐 나왔던 『연애결혼』은 내가 가장 아끼는 소설 중의 하나이다.

성실하고 자수성가한 과묵한 남자. 김준필 씨!

여자에게는 큰 호감을 느끼지 못하던 남자 주인공이 여자 주인공을 만난 후 마음을 홀딱 빼앗겨 버린다. 부모님을 일찍 여의고 힘듦을 혼자 꿋꿋하게 겪었던 터라 표현이 미숙했던 남자.

그리고 어려운 가정형편 속에서도 밝고 야무지게 살아가는 사랑스러운 여자. 그 둘의 설레는 만남과 사랑 이야기다.

조건을 전제로 만나는 소개팅에 마음이 없었던 여자 주인공. 아무런 정보도 모른 채 남자와 만나게 된다. 호감을 가지고 만나는 과정에서 여자 주인공은 중매로 만난 것과 자신의 정보가 조금 과하게 포장된 것이 걸려서 남자 주인공에게 이별을 고한다. 어쩌면 자격지심 때문이었는지도, 아무튼 순수하다. 마음이 예쁜 여자 주인공이 참 나 같이 느껴졌다.(내가 그랬었다는 데 뭐!)

다행히도, 오해로 헤어진 후 우여곡절 끝에 다시 만난 두 남녀는 중매가 아닌 연애를 다시 시작한다.

소설 중에 남자 주인공 준필이 여자 주인공 자령에게 "딱 좋습니다."라고 고백을 한다. 그 설렘이 어찌나 컸던지, 이 대사는 로맨스를 사랑하는 사람들 사이에서 닉네임이 되거나 유행처럼 아직도 언급될 정도로 유명하다.

이런 설렘에도 불구하고 남자 주인공의 과묵한 점이, 현실에서는 재미없는 사람으로 여겨질 수 있기에 우려스럽다. 연애할 때는 과묵함이 신비감으로 둔갑하여 더 호감이 생길 수 있지만 결혼 후에는 적은 말수가 상대에게 답답함이나 서운함을 주는 요인이 될 수 있기 때문이다. 물론 준필 씨가 현실에 실제로 있다면 이유를 불문하고 무엇이든 다 용서할 테지만.

어쨌든, 연애를 포함한 모든 사람과의 관계 제1원칙은 대화이다. 묻는 것은 상대방을 존중하는 것이고 호감을 나타내는 방법이기에.

그러니 로맨스를 할 때 중매와 연애는 전혀 중요하지 않다. 어떻게 만났느냐보다 어떻게 소통하느냐가 더 의미 있는 것이다.

또 연애할 때, 여자 주인공처럼 자격지심 때문에 자신의 마음을 감추지 않았으면 한다.

지나치게 자세한 과거 연애 이야기는 빼고, 있는 그대로 말하는 것이 좋다. 그것이 비록 내가 마시고 싶은 음료수일지라도 말이다. 연애 초기에는 서로를 탐색하느라 조심스러울 수 있다. 특히, 상대에게 내가 더 호감을 느낀다면 말이다.

하지만 오히려 지나치게 미리 짐작하고 배려하다 보면 오해가 쌓이기 마련이다. 소설 속 자령과 준필처럼.

또 다른 하나, 남녀 간의 연애에는 누군가가 개입하면 안 된다는 점이다. 소설 속에서도 여동생이 개입하면서부터 주인공 둘 사이에 오해와 갈등이 생기기 시작했다. 그러니 반드시 사랑하는 두 사람이 직접 소통했으면 한다. 제삼자를 끌어들이면, 말이 말을 만들게 되고, 결국 배가 산으로 가는 경우를 경험할 수 있으니 유의하도록.

나 또한 유감스럽게도 잘 보이고 싶은 사람 앞에서 나의 취향을 숨기기도 했었다. 또 수줍음 때문에 솔직한 마음을 표현하지 못한 적도 있었겠지. 그런데 지나고 보니 다 부질없더라.

결국, 제일 중요한 건 솔직한 소통이었다.

대화를 통해 서로의 마음을 확인하거나 오해를 풀었던 순간 등의 만족감만이 둘의 사랑을 더 짙게 만들었다. 즉, 갈등을 대화로 해결할 때, 서로 더 깊고 넓은 관계를 형성할 수 있다.

사랑을 할 때 눈치 보는 사랑은 사랑이 아니다. 갑과 을의 관계일 뿐. 그러니 상대방의 눈치를 보지 말고 기백 있는 태도로, 자신있게 대화하며 연애하길 바란다.

그럼에도, 만약 지금 만나는 사람 앞에서 나도 몰래 작아지고 눈치 보게 된다면, 상대방에게 지금 바로 "우리 관계를 다시 생각해 보자."라고 단호하게 말하길 조언한다. 그리고 자문해 보자. "나는 과연 나의 모든 과거와 현재를 다 받아들였을까?" 하고 말이다.

자신과 당당히 마주할 수 있을 때 로맨스 하자. 딱 좋은 사람하고 말이다.

"연애나 합시다.", "말 수 적어서 싫겠지만 그렇게 합시다."

— 해화의 『연애결혼』 중에서

솔직하고 열정적인 사람과의 드라이브_

고즈넉한 시골 풍경을 보고 풀 냄새를 맡으며, 사랑하는 사람과 함께 드라이브하고 싶다. 좋아하는 음악 <Always With Me>의 피아노 연주가 플레이된다면 금상첨화겠지.

이유진의 『1번 국도』라는 로맨스 소설은 헤어졌던 연인과의 재회물이다.

일단, 나는 작가의 상큼한 필력을 너무나도 사랑한다. 일상의 환경이나 배경, 성격 등을 세밀하게 표현하는 작품을 만날 때면 흡입력 있게 소설로 빨려 들어간다.

이 책을 강력히 추천하고 싶은 가장 큰 이유는 소설이 매우 밝은 시선으로, 큰 갈등 없이 편안하게 전개된다는 점이다.

똑같은 로맨스 소설이라고 해도 주인공 남녀가 처해 있는 환경을 어둡거나, 피폐하게 설정한 책도 있다. 반면 이 작품은 밝고 따뜻한 시선으로 기술된다. 그래서 읽는 사람 또한 긍정의 에너지를 받을 수 있다. 무엇보다 소설 속 남자 주인공 장태산의 성격이 너무 훌륭하다. 시원하면서도 넉살 좋은 인물로, 능력과 겸손, 원만한 대인관계까지 두루 갖췄다. 이 얼마나 괜찮은 로맨스 상대인가 말이다.

환경적인 이유로, 짧았던 만남을 헤어짐이란 이름으로 놓아주어야 했던 두 남녀.

그 두 사람이 재회한다. 운명처럼. 호수가 내다보이는 집에서, 챙이 넓은 꽃무늬 모자와 몸뻬 바지를 입고서 말이다. 둘은 다시 콩닥거리며 마음을 확인한다. 마지막 부분에서 여자 주인공은 상처받지 않으려고 자존심을 잠깐 내세우는 장면이 나온다.

그러나 남자 주인공 장태산은 그런 여자 주인공의 마음마저 헤아려, 확신 있는 말로 안정감을 준다. 처세까지 훌륭하다. 이러한 점들이 이 소설을 계속 찾게 되는 이유이다.

혹시 연애할 때 선의의 거짓말을 한 적이 있지 않은가? 상대가 오해하지 않고 마음을 다치지 않도록, 다른 이유를 말했던 경험 말이다.

하지만 이러한 선의를 가장한 거짓이 오히려 상대에게 더 상처를 주거나 신뢰를 잃게 할 수 있다. 하지만 『1번 국도』의 여자 주인공 수연은 헤어질 때도 솔직하고 담담하게 말한다. 어머니에게서 친구로 지내달라는 이야기를 들었다고 말이다.

이 소설은 나에게 그런 점을 성찰하게 한다.

과거의 나는, 마음을 준 사람과 인연이 닿았을 때조차 진심을 말하지 못했었다.

헤어질 때도 솔직하지 못했던 못난 성격이었던 게지. 좋아했던 마음을 끝까지 숨기고 싶었던 자존심이었을까? 아니면, 나를 잡지 않은 것에 대한 미련이었을까? 이러한 이유로 사과하고 싶다.

"그때의 쓸모없는 자존심 때문에 당신을 불안하고 외롭게 만들어서 미안하다."라고 말이다.

조금 살아보니 예전부터 전해 오는 "자존심만큼 쓸데없는 것은 없다."라는 말은 분명한 사실이었다. 그때는 어렸고 몰랐었다. 솔직했을 때, 미련이나 후회 따위가 남지 않는다는 것을.

소설이기도 하고, 영화로 제작되었던 『냉정과 열정 사이』를 아는가?

지금도 가끔 찾아보며 재탕하는 소설 또는 영화이다. 남자 주 인공 준세이와 여자 주인공 아오이는 20대에 만나서 뜨겁게 사 랑한다. 두 사람은 헤어지고 난 후 오랜 시간 뒤에 피렌체 두오 모 성당 꼭대기 종탑에서 운명처럼 재회한다. 그곳에서 사랑하 는 사람을 만난다면, 그 사랑은 영원하다는 걸 믿으면서 말이다.

그럼에도, 복잡한 마음의 냉정한 여자는 떠난다. 다행히도 사 랑을 포기하지 않았던 준세이의 열정으로 이야기는 어렵게 해 피엔딩으로 마무리된다.

나는 이 소설을 접한 후 그 시절 나의 준세이와 약속했었다. 만약 우리가 헤어지게 된다면 서른 살이 되는 날, 다시 만나자 고 이별을 예감했던 것일까? 다소 허황되고 낭만을 꿈꾸었던 치기 어린 시기였기에 가능했던 약속이었다. 그럼에도 오래된 약속을 지금까지도 가끔 떠올리는 건, 어쩌면 그 기약을 이루고 싶었는지도 모르겠다.

이런저런 후회들로 『1번 국도』 태산이나, 『냉정과 열정 사이』의 준세이처럼 누군가를 만날 때는, 자존심을 내려놓고 '열정적으로 사랑'하라고 말하고 싶다.

"열정을 불태워 봐! 다시는 후회나 미련이라는 추억에 갇혀 살지 않게 될 거야."라고 말이다.

어찌 보면, 사랑의 열정은 젊은 날의 고유한 전유물이고 상징이다. 그러나 사랑에 대한 나의 열정이 영원하리라는 법도 없다. 이런 까닭으로 우리는 감성과 열정이 충만할 때 그 사랑을 축제처럼 즐겨야 한다.

만약 누군가와 로맨스에 빠져 있다면, 아낌없이 열정적으로 사랑하라!

아낌없이 사랑을 주었던 사람은 뒤돌아보지 않는다. 그리고 운명이라면, 『아낌없이 주는 나무』의 아이가 노인이 되어 다시 나

무릎으로 찾아온 것처럼, 반드시 이별 후에 상대는 되돌아온다.

물론 받아 주는 것은 선택일 뿐.

단, 이와 반대로 자신만을 열정적으로 아끼는 냉정한 사랑을 하는 사람은 옳지 않다. 상대방을 지치게 만들기 때문이다.

내가 더 진한 열정을 표현할 수는 있다. 그러나 홀로 열정을 표현하고, 매달리는 일방통행의 사랑은 하지 않길 바란다. 균형 없는 로맨스는 언젠가 적색 불이 되기 마련이니깐.

그러니 말하고 싶다. 나를 불안하게 만드는 냉정한 사람이 있다면 아낌없이 사랑한 후 그냥 놓아주어라. 타오르지 않는 사랑은 항상 갈증 나게 만든다. 그리고 우리나라의 명곡 <아리랑>을 부르며 뒤돌아보지 않는 새처럼 훨훨 날아가라!

"나를 버리고 가시는 이는 십 리도 못 가서 발병 난다. 안녕!"

> "너는 나에게 흘러가 버린 옛사랑. 가슴이 터질 것 같은 첫사랑. 어쩌면, 여전히, 아직도."
>
> — 이유진의 「7번 국도」 중에서

웹에서 배운 애정전선

친구에서 연인으로의 전환_

오년지기 로맨스 친구가 있는가? 그럼, 십년지기 친구는?

만약 주변에 솔로가 있다면, 나는 마음속에 호감을 품은 상대에게 지금 당장 고백해 보라고 말한다. 『십년지기』를 읽고 난 후부터다. 이 책은 2012년에 나온 송여희라는 작가의 작품이다. 솔직히 말하면, 나는 이 책을 읽었을 때는 몰입하기가 어려웠다. 연하와 동갑은 남자로 보이지 않았기 때문에 동갑들의 사랑 이야기를 그린 이 책은 밋밋하게 느껴졌다.

그런데 앞서 나왔던 나의 지인, 대치 언니가 "난 그 책도 좋던데?"라고 말하는 것이 아닌가. 언니에 대한 신뢰가 무한했던 터라 우연찮은 기회에 재독을 했다. 유레카! 역시 대치 언니는 옳

앉어. 나는 소설 속에 다시 풍덩 빠져서 재독, 아니 십 회독을 했는지도 모르겠다.

이 이야기는 제목처럼 십년지기 친구가 연인으로 발전하는 내용이다.

남자 주인공 이현의 치기 어린 대처로 인해 초반부터 오해가 쌓이고, 앙숙이자 라이벌 아닌 라이벌이 된다. 그리고 어떤 사건으로 인해 서로 간의 마음을 확인하지 못한 채 결혼부터 해버리는 '선 결혼 후 연애' 이야기이다. 여자 주인공에 대한 남자 주인공의 애틋한 감정을 알게 되었을 땐, 말로 형용할 수 없는 크나큰 감동이 몰려왔다. 엔도르핀 폭죽이 '펑' 하고 터졌다.

그리고 그들의 애칭! 찬 우유 그리고 고소한 우유. 책을 읽은 후 나는 여자 주인공처럼 냉장고에서 갓 나온 500ml 우유에 빨대를 꽂아 먹는 것을 즐겼다. 벤치마킹이라고나 할까?

특히, 이 책이 나의 베스트 오브 베스트에 등극한 이유는 남자의 지고지순한 사랑에 진정성을 느꼈기 때문이다. 물론 로맨스 소설 속 모든 남자 주인공들은 여자 주인공을 목숨처럼 절실히 사랑한다.

그런데 간혹 사랑이 왜곡되어 집착이 되기도 한다. 자칫하면 사랑을 빙자한 이기적인 표현으로 비춰질 수 있는 것이다.

그에 반해 남자 주인공 이현은 여자 주인공 연오에 대한 절절한 사랑을 마음속 깊이 품고 기다려 준다. 여자의 상황과 마음의 속도를 존중하여, 그 완벽한 남자가 자신의 마음을 적극적으로 표현하지 않고 끙끙 앓는다. 게다가 여자 주인공이 어려움에 부닥쳤을 때, 시의적절하게 도움을 주어 곤란한 상황에서 탈출시키는 동시에 업그레이드까지 시켜 주는 백마 탄 왕자이다. 하물며 이현은 남자 주인공답게 넘을 수 없을 만큼의 배경과 능력, 외모 등을 겸비하고 있다.

이처럼, 남자 주인공은 근거 있는 자신감을 장착했지만 절대 과시하거나 잘난 체하지 않는다. 그냥 뿜어져 나올 뿐. 다만, 아쉬운 점은 여자 주인공 한정이라는 것이다.

아무튼, 남자 주인공의 그런 오만하지 않은 인격적인 면이 나를 사로잡았다.

가끔 주변에서 허세 남녀를 은근히 볼 수 있다. 요즘 유행하는 말 그대로 안 물어보았고 안 궁금한 '안물 안궁'인데 자신의 이야기를 과하게 하는 사람들이다. 안타깝게도 그들은 자신들이 얼마나 빤히 보이는 말과 행동을 하는 허술한 사람들인지 모른다. 핵심은 절대 내실 있는 사람은 자신을 스스로 높이지 않는다. 다만 주변에서 높여 줄 뿐이다. 이 소설에서처럼.

　현실에서도 남자 주인공 이현처럼 완벽한 사람이 있을 것이다. 잘생기고 능력 좋은 것은 둘째 치고 인성적인 부분이 말이다. 사랑이라는 감정을 대하는 태도가 훌륭한 인격적인 상대가 분명히 있으리라.

　이렇듯 로맨스는 남녀의 관계이기에 연애 상대는 관계를 소중히 대하는 사람이었으면 좋겠다. 사랑이라는 이유로 자신의 속도에 감정을 맞추길 바라는 이기적인 모습이 아닌, 상대방의 마음 속도를 기다리며 편안하게 배려하는 사람 말이다. 그리고 내가 필요할 때 적재적소에 도움을 주면 더욱 감사하겠지. 그런 인성적으로 훌륭한 인격자를 다들 만났으면 한다.

그래서 혼자여서 외로운 지인을 만나면 『십년지기』를 읽어 보라고 권한다. 그리고 현실에서 만나고 싶다면 멀리서 찾지 말고 고개를 돌려 가까이에서 찾아보라고 덧붙여 말한다.

옛말에 "등잔 밑이 어둡다."라는 말이 있지 않은가? 분명 가까이에 있어서 알아보지 못했던, 성격 좋은 친구가 있을 것이다. 꼭 친구가 아니어도 좋다. 선배든, 후배든, 상사든 가리지 말자. 만약 솔로인 그들에게 조금이라도 호감을 가지고 있다면, 지금 당장 말해 봤으면 좋겠다.

"혹시 저는 어떻게 생각하세요?"

사랑은 타이밍이다. 시도하지 않으면 우리 인생에는 아무 일도 일어나지 않는다.

그러니, 마음에 두고 있었지만 고백한 후 멀어질 것이 두려웠던 사람들은 빠른 시일 내에 고백하길 바란다. 내 눈에 멋진 사람은 다른 사람 눈에도 멋진 법이니깐. 까마귀가 물어가기 전에 도전하자.

적절한 타이밍의 기회를 잡은 자가 매력있는 인격자를 쟁취하게 되리라. 인생은 아무도 모르는 것이니깐.

푸릇한 관계에서 애절한 연인으로 전환, 건투를 빈다.

"널 한순간도 좋아하지 않은 적이 없어, 연오야. 처음 봤을 때
부터 지금까지 쭉 좋아해 왔어. 무려 10년이란 시간 동안 그렇게
계속."

　　　　　　　　　　　　　　　　　　- 송여희의 『십년지기』 중에서

무조건 사랑에 빠지는 순간_

블록버스터급 대작이다.

말이 필요 없다. 이 로맨스 소설을 '안 본 눈'을 사고 싶을 정도로 이것은 꼭! 반드시! 읽어야 한다. 소설을 읽은 후 적어도 2주는 현실이 엉망이 되는 '현망진창'을 경험했다. 밥도 하기 싫고, 애들이 부르는 것도 싫고, 남편이 부르는 것은 더더욱 싫다. 그만큼 남자 주인공의 매력은 매력은 과히 그 어느 소설보다 월등히 대단하다.

이 소설은 로맨스 소설계의 대작 중의 대작인 솔체 작가의 『울어봐, 빌어도 좋고』이다.

완벽한 남자 주인공인 마티어스와 미모의 고아 레일라가 여자 주인공인 영화 같은 소설이다. 이 소설을 읽었을 때 내 머리에 떠오른 잔상은 마치 소설 『빨간 머리 앤』을 보는 것 같았다. 신분이 다른 레일라에 대한 갈망으로 인해 삶의 균열을 느끼는 마티어스

마침내 마티어스가 레일라를 사랑한다는 것을 인지한 순간, 슬프게도 바로 이별을 맞이해야만 했던 상황으로 인해 고구마 같은 클라이맥스를 접하기도 한다.

그럼에도, 내가 이 소설 속에 퐁당 빠진 이유는 세월이 지난 후 성인이 된 마티어스와 레일라가 마주하는 명장면 때문이다. 자전거를 타고 가던 레일라가 넘어지고, 마티어스가 다가가던 사랑이 시작되던 그 장면은 형용하기 어려울 정도로 가슴이 벅차게 다가온다. 바닷가에서 재회하는 장면까지도. 아, 마음이 웅장해진다….

물론 신분 차이로 서로의 사랑을 부정하거나, 마티어스의 지나치게 배려 없는 사랑이 힘들게 여겨지는 구간도 존재한다. 그럼에도 남자 주인공은 충분히 용서하고도 남을 만큼의 치명적인 매력을 가지고 있다. 도대체 마티어스 앓이는 끝날 줄 모른다.

소설 속 주인공들처럼 사랑에 빠지는 순간은 과학적으로 3초라고 한다. 내가 이 소설에 퐁당 빠져 버린 것처럼 누구에게나 무조건 사랑에 빠지는 순간은 존재한다. 이유도 없이 감각만으로 말이다.

어쩌면 우리도 부지불식간에 찾아오는 본능과도 같은 사랑을 경험할 수 있지 않을까? 사람들이 일컫는 불같은 사랑 또는 운명 같은 사랑으로 말이다.

예전에, 지인에게 들었던 소설 속 로맨스 같은 이야기가 생각난다. 사회적 배경과 학벌, 집안 분위기가 몹시도 다른 두 남녀의 사랑 이야기이다. 법조계의 남자와 음악을 하는 여자.

집안의 차이가 컸던 두 사람은 서로에게 호감을 느꼈지만, 만남을 시작할 만한 용기는 없었다. 그렇게 시간이 흐른 후 해외 봉사지에서 운명 같은 재회를 한다. 결국 사랑에 빠졌지만 남자 집안의 반대로 결혼의 문턱은 높기만 하다. 마음고생하던 여자 부모의 마음이 하늘에 닿았는지 기적처럼 로또에 당첨이 되었고, 그것을 발판 삼아 둘은 결혼했단다. 조금은 허무맹랑하고 마치 소설 같은 현실 로맨스 이야기였다. 그리고 시간이 지난 지금, 그들은 여전히 행복할까?

그리고 두 주인공의 사랑이 영원히 해피엔딩이길 간절히 응원해 본다.

이처럼 소설에서뿐만 아니라 현실에서도 멈추고 싶지만, 제어가 되지 않는 불같은 사랑이 존재한다. 안타깝게도 나는 다시 태어나야지 알 수 있을 것 같다.

만약 운명 같은 사람을 만났는데, 현실의 벽이 너무 높다면 어떻게 해야 할까?

사랑하니깐 주변의 반대를 무릅쓰고 사랑을 좇아야 할까, 아니면 그만 브레이크를 걸어야 할까. 아, 괜스레 하지 않아도 될 고민이 깊어진다.

보통, 로맨스 소설에서는 남자 주인공 마티어스처럼, 생명을 건 계략을 써서라도 사랑을 쟁취한다. 하지만 현실에서는 쉽지 않은 문제이다.

또 요즘 여러 매체를 통해 심심치 않게 부적절한 사랑을 보게 된다. 아름답지만은 않다. 왜냐하면, 내 로맨스가 또 다른 누군가에게 아픔이 된다면 그 사랑은 초라하다고 믿기 때문이다.

물론 그들에게는 운명일 테지만 살아 보니 알 것 같다. 누군 가에게 준 아픔은 어떤 형태로든 부메랑처럼 돌아오기 마련이 란 것을.

이런 까닭에 나는 현실 로맨스는 최선은 다하되, 이성적으로 했으면 하는 게 여전한 마음이다.

반면 불같은 로맨스는 소설 속에서 마음껏 하라고 권한다. 사 랑의 불구덩이로 들어가지 않는 것이 내 사랑에 최선을 다하지 않는 것은 아닐 테니까. 오히려 현실을 파악하고 행동하는 것이 서로에게 최선을 다하는 모습이 아닐까?

그러니 현실에서는 이성적인 로맨스를, 소설 속에서는 뜨거 운 로맨스를 하라. 이 얼마나 멋진가?!

어찌 됐든, 나는 반짝이는 사랑이 필요한 모든 사람에게 빌고 싶다.

제발 나처럼 로맨스 소설을 보라고 말이다. 무조건 사랑에 빠 질 것이다. 소설을 통해서 과거나 초현실 세계로 빙의한 후 안 전하고 축복받는 연애를 마음껏 하자.

요즘 로맨스 웹소설은 출판계의 대세 아이콘이다. 출판 시장에서 당당히 높은 순위를 달리고 있는 많은 독자층을 확보한 권위 있는 분야이다. 그 속에서 나는 로맨스를 사랑하는 사람끼리 연대하고 함께 토론하여 보물 같은 소설들을 발굴하고 싶다. 그러면 더 작품성 있는 대작들이 시장에 무수히 나올 것을 알기에.

이 소설에서 나오는 레일라와 마티어스처럼 앞으로 더 많은 사람에게 기억으로 남을 고품격 주인공들을 만나고 싶은 바람이다.

이처럼 나 또한 취향을 확고히 하는 과정에서 로맨스 감성이 만발하는 사람으로 남고 싶다.

사랑에 빠졌던 그 3초의 순간을 평생 기억하며, 나이가 들어도 항상 로맨스를 꿈꾸는 생기 있는 사랑스러운 할머니로 말이다.

> "사랑해 주세요.", "당신이 날 사랑하면 좋겠어요.",
> "아주 많이. 오래오래."
>
> — 솔체의 『울어봐, 빌어도 좋고』 중에서

PART 3

삶에서 마주한 연애의 실체

호랑이 굴에서의 자연스러운 만남_

"자만추 아시나요?"

"엥? 그게 무엇인가요?"

"자연스러운 만남 추구요!"

"아하!"

요즘 MZ세대는 자기 관리를 철저히 하며 근사한 삶을 사는 청춘 남녀들이 대다수이다. 내가 20대였던 시절에 비하면 정보와 물자가 풍부해서인지 요즘 세대는 누구 하나 멋지지 않은 사람이 없다. 뭐, 내 기준엔 그렇다. 무엇보다 '젊다'라는 것만으로도 모든 것을 용서할 수 있을 것 같다.

그런데 완벽한 그들과 이야기하다 보면, 이성 친구가 없다는 아이러니한 상황에 맞닥뜨리게 된다.

'엥? 혹시 눈이 너무 높은 건 아닌가?' 하고 의심스러운 눈초리로 지켜보면, 많은 청춘들이 자연스러운 만남인 '자만추'를 추구한다고 입 모아 말한다.

로맨스를 사랑하는 나로서도 우연을 가장한 운명적인 만남이 매우 중요하다. 왜냐하면 모든 소설 속 인물들은 운명적인 자만추가 대부분이기 때문이다. 그 자만추가 서로의 열병, 또는 폭염과 같은 사랑의 기폭제가 된다. 물론 '선 결혼 후 연애'라는 정략결혼 내용도 있긴 하지만 어찌 보면 그 자체로 운명이라 생각된다.

아무튼, 현실에서도 진부한 소개팅보다 우연한 만남이 더욱더 낭만적이라고들 여기는 게 대세이긴 하다. 만약 그런 일이 나에게도 일어났다면 마치 소설 속 주인공이 된 것처럼 황홀감을 느꼈겠지. 게다가 상대방이 얼굴 천재였다면 말 그대로 전생에 나라를 몇 번 구했다며 자축할지도 모른다.

하지만 자만추를 추구하느라 세상의 많은 선남선녀들이 혹시 모를 좋은 인연을 놓치는 것은 아닌지 나는 조금 우려스럽다. 나의 주변에서 표집한 다소 주관적인 데이터에 의하면, 배우자를 소개팅으로 만난 사람들이 은근히 더 많다. 그런데도 다들 너무 잘살고 있다.

개중에는 조건을 보고 결혼한 사람들도 당연지사 있을 것이다. 남녀불문하고 아주 현명하다고 말해 주고 싶다. 누구든 능력이 있으면 성격도 괜찮고 집안도 좋은, 능력 있는 배우자를 만나야 한다. 그건 정말, 그 사람들의 능력이니깐 부정하지 않는다. 오히려 축복할 뿐이다.

그런데 우리 어머니 말씀에 따르면 자고로 물 좋고 나무 좋고 정자 좋은 곳은 없다고 한다. 실은 나도 살아 보니 일부분 동의하긴 한다. 물론 내가 못 만나 봤을 뿐이지 실제 존재할 수도 있겠지만.

어쨌든, 나는 못 만나 보았기에 어머니 말처럼 완벽한 사람은 없으니 일단 만나 본 후 그 사람만의 장점을 찾아보라고 주장할 수밖에 없다.

그리고 혹시 사과가 떨어지기를 바라며, 가만히 누워서 입만 벌리고 있는 것은 아닌지 검열해 보자. 말은 자만추 라고 하면서 혹시 집과 직장만을 오가지는 않는가?

하루는 카페에서 차를 마시는데, 옆 테이블에서 대화가 오고 간다. 남자 두 명과 여 상사 한 명으로 직장 선후배 사이 같아 보였다.

"○○씨는 왜 여자 친구가 없어요?"

옆 동료가 대신 말해 준다. "○○이는 자만추 추구해요."

"아! 그래요?"

"그런데 집과 직장만 오고 가요."

"이런…"

왜인지 대화 주제의 주인공들이 은근히 있다. 그래서 내가 내린 결론은, 자신이 무엇을 좋아하는지 생각해 본 후 무조건 사람들이 모이는 곳으로 돌진해야 연애가 성사된다는 것이다.

일단 지금 옆에 짝이 없다면 로맨스 소설을 탐독하는 것으로만 끝나서는 안 된다. 바로 실전에 적용해야 할 시기이기에 무조건 집 밖을 나가자.

먼저 취미에 맞는 동호회나 모임을 찾는 것이 중요하다. 로맨스 소설에서 보고 느꼈던 것을 짬짬이 현실에 적용하기 위해서. 아무리 잘 단련된 칼이라도 쓰지 않으면 무뎌진다고 하지 않는가?

단, 유념할 점이 하나 있다. 슬프게도 소설 속 로맨스가 현실과 백 퍼센트 일치하지 않는다는 점이다. 소설 속 환상과 현실은 분리해야 한다. 명심하지 않으면 큰코다칠 수 있다.

그리고 대학교 시절 들었던 이야기가 있다. 재력 있는 이성을 만나기 위해 초기 투자 비용이 많이 드는 사진이나 스키와 같은 동아리를 선택하는 사람들이 있다는 것이다. 순진무구했던 나는 그 말을 듣고 "진짜야?"라며 놀랐던 기억이다. 사람을 목적이 아닌 수단으로 만나서는 안 된다는 굳은 소신 때문이었다.

당연히 자신의 흥미와 관심이 분명하고 제반 능력까지 있다면 어떤 동아리든 상관없다. 그리고 정말 배움이 목적인 사람들이 모이는 곳이기에 문제 될 것도 없다.

다만 핵심은 로맨스를 수단으로 삼는 사람은 경계해야 한다.

사랑은 목적이지 수단이어서는 절대 안 되기에.

어쨌든, 자연스러운 만남 추구를 하고 싶다면 지금 당장 집 밖의 사람이 모이는 곳으로 가자. 구전으로 전해 오는 "호랑이를 잡으려면 호랑이 굴로 들어가라."라는 진리도 있지 않은가?

자만추는 더 이상 자연스러운 만남이 아니다.

로맨스 의지를 불태우며, 부지런히 자신의 운명을 개척하는 사람에게 섬광처럼 다가오는 기회인 셈이다.

> "기다리지 않겠다는 말… 거짓말이었다고."
>
> — 김수지의 『상수리나무 아래』 중에서

반짝이며 바라보는 눈빛_

누구나 반짝이는 것을 좋아할 것 같지만, 모두 그런 것 같지는 않다.

나이가 들면 반짝이는 것에 흥미가 갈 것이라는 어른들의 말씀이 무색하게도, 여태껏 수수한 차림을 더 선호하는 날 보면 알 수 있다. 그러나 반짝이는 것 중에 좋아하는 것이 딱 하나 있다.

그건 바로 '눈빛'이다.

나의 인생 이정표가 되어 준 "눈은 마음의 등불이다."라는 문구를 알게 된 이후부터일까? 아니면 버스에 앉아 사람들을 물끄러미 바라보았던 그날부터였을까.

날아가는 낙엽에도 웃음이 나던 그 시절, 버스 안에서 길가를 지나가는 사람들을 무심코 관찰했었다. 아침 출근 시간이어서 인지, 아니면 말동무 없이 혼자 걸어가기 때문이었을까?

누구 하나 생기 있는 얼굴을 한 사람을 찾아볼 수 없었다. 다들 무채색의 무표정이거나 생각에 잠긴 심각한 얼굴들을 하고 있었다.

유일하게 얼굴에서 빛나던 사람들은 사랑에 빠진 연인들이었다. 불현듯 그때 나는, 나이가 들어도 사랑에 빠진 듯한 생기 있는 눈빛을 유지할 거라고 결심했었다.

물론 지금은 부단히 노력 중이다. 인생의 여러 일들을 겪은 후 어렸을 적 보았던 무채색의 눈빛이 이해되던 순간도 있었으니깐.

어느 날, 한 신부님의 강연을 듣게 되었다.

"길가의 꽃 중에서 어떤 꽃이 가장 예쁘다고 생각하나요?"

나는 마음속으로 "내 마음에 의미를 주는 꽃이요."라고 대답했다.

그런데 신부님께서는 "가장 예쁜 꽃은 생명력을 뽐내며 가장 활짝 핀 꽃."이라고 말씀하신다. 생각지도 못했지만, 너무 공감되는 말이었다.

그날 이후로 나는, 생명력은 인간 본연의 존재 징표로, 생기 있는 눈빛을 통해 발현된다고 굳게 믿고 있다.

아는 동네 엄마는 여전히 생기가 철철 넘친다. 사랑스럽고 발랄하다. 만나면 높은음으로 "언니~." 하고 반기며 두 눈을 반짝인다. 이야기 끝에 그 지인이 말하기를 "언니! 사람들은 심각한 사람 안 좋아해요! 우울하고 진지한 사람을 누가 좋아할까?" 그래, 나만의 생각은 아니었구나.

물론 누구 하나 마음속 깊은 곳에서는 상처가 없을 순 없다. 그리고 누구나 사랑받아 마땅하다. 다만 지금은 로맨스를 이야기하는 중이니깐 가치판단은 패스

이처럼 나는 생명력을 뽐내기 위해 반짝이는 별을 눈에 넣고, 활력이라는 볼 터치를 얼굴에 새기려고 애쓴다. 안 되면 화장이라고 불리는 도구를 이용해서라도 얼굴에 생기를 칠한다.

그런데 웬걸? 로맨스 소설을 보면 노력하지 않아도 저절로

생기가 생기는 것이 아닌가?

결국 로맨스 소설은 나에게 활력과 생기를 주는 아주 중요한 기제였다. 그리고 내 사랑을 반짝이도록 만들어 주는 중요한 자양분이자 동력이란 것을 몸소 체험하게 된 것이다. 이러한 까닭으로 생명으로 태어난 이상, 우리는 할 수 있는 한 최대치로 생명력, 즉 매력을 뿜어내야 한다. 어떻게?

로맨스 소설을 보면서 말이다. 이 이야기는 기승전, 로맨스가 주제이기 때문이다.

아직도 나는 아침에 눈을 뜨면 이렇게 주문을 건다.

"신이시여~ 저에게 생기 있는 눈빛을 주세요!"

그리고 내가 좋아하는 소설 속의 주인공처럼 굳세게 아침을 마주한다. 모든 것에 정성을 다하려고 애를 쓰면서 말이다. 지나친 망상이나 비약이 아니냐고?

뭐 어떠랴?! 한 번뿐인 내 인생, 내 마음대로 즐겁게 살아간다면 옳다.

"로맨스는 내 삶의 등불이요."라는 소신으로 말이다.

사회적 잣대에서 벗어나지 않는 말랑말랑한 로맨스 소설을 보고, 때론 로맨스 주인공처럼 살아간다면 너무나도 흥미로운 인생이지 않겠는가?

반짝이는 것을 싫어하는 사람은 없다.
생기 있는 눈빛을 싫어하는 사람도 없다.
그러니 오늘 하루도 입꼬리를 끌어당기고 생기 있는 눈빛으로 상대를 바라보자. 등불과 같은 내면과 눈빛을 알아봐 주는 당신의 소울 메이트를 곧 만나게 된다.
그렇게 생명력 넘치는 얼굴을 한 누군가가 당신에게 풍덩하고 빠진다. 하쿠나 마타타!

> "비 개인 여름, 오전의 하얀 햇살이 두 사람의 머리 위로 축복처럼 쏟아졌다."
>
> — 서은수의 『고백의 이유』 중에서

사랑도 아니면서 사랑을 유지하려고 애쓰는 사람을 만나면 "그 만남을 당장 그만둬."라고 말하며 오지랖을 부린다. 왜냐하면 인생에 전혀 도움이 되지 않는 좀먹는 시간임을 알기에.

로맨스에 관심 있는 사람이라면 한 번쯤은 들어 봤을 만한 이야기가 있다.

"그는 당신에게 반하지 않았다.", "깨진 그릇은 붙여도 다시 깨지기 마련이다." 등이다. 이러한 말에서도 알 수 있듯이, 관계를 애달프게 만드는 사랑은 진짜 사랑이 아니다. 그리고 힘들거나 외로워서 하는 사랑도 위태하다. 상대방을 존중하지 않고 사람을 수단으로 대하는 것 또한 위험한 사랑이다. 그러니 만약 이런 사랑을 하고 있다면 서로를 위해서 지금 당장 이별을 고해야 한다.

미숙했던 그 시절의 나에게도 놓지 못했던 만남이 있었다.

그 사람의 마음이 나의 마음보다 크지 않다는 것을 알면서도 모른 척을 해야만 했다. 결국 상대방은 내 입에서 먼저 헤어짐을 고하도록 행동했고, 그럼에도 난, 어리석게도 계속 놓지 않은 채 붙잡고만 싶었다. 자존심에 그렇게 하진 못했지만 말이다.

그 시절의 나는 왜 그래야만 했을까?

세월이 지난 지금, 나는 안다. 사랑이 아닌 것을 알면서도 놓지 못했던 그 이유를 말이다.

당시 나는 어렸고 외로웠을 뿐, 그 사람을 사랑했던 것은 아니었다. 단지 나를 사랑하지 못했었다. 미숙함에 나를 믿지 못했던 불안정했던 시절이었을 뿐. 어리석게도 그 사람을 놓지 못했던 까닭은 그게 다였다.

나보다 상대를 더 우러러보았고 미화했었지. 오직 나만 그 상황을 객관적으로 보지 못했을 뿐.

지금 돌이켜보면 주변에서는 염려와 우려 섞인 눈빛을 내게 보냈었다. 결국 나만 빼고 다 알았을 것이다. 아니 어쩌면 나도 알았지만 초라함을 피하고 싶어서 외면했는지도 모르겠다.

사랑이 아니라는 것을…. 사랑에서 내가 을이라는 것을 상대방도 분명히 알았을 것이다.

그래서 외롭다는 이유로, 지금 내가 힘들다는 이유로, 또는 현재가 불안하다는 이유 등으로 그 불완전을 채우기 위해서 누군가를 찾지 않았으면 한다. 내가 진정으로 나를 믿고 자신감을 가질 때 누군가가 나를 사랑해 줄 수 있음을 깨달았다면 말이다.

예전에, 길가에서 타로를 보시는 한 중년의 아주머니께서 말씀해 주셨다.

"현재 당신이 만나는 사람은 딱 당신과 똑같은 사람이라고 생각하면 돼요."

어쩌면 오싹하고 아찔한 이야기이다. 그렇다면 딱 나 같은 사람을 만나려면, 먼저 내가 더 갖춰져 있어야 하지 않을까? 그 대답은 Yes.

로맨스를 하기 전에 무엇보다도 세상에서 가장 소중한 나를 신뢰해야 한다.

나를 신뢰한다는 것은 사랑하는 사람을 위해 나를 하대하지 않는 자존과 나에 대한 당당함에서 나오는 긍지가 있어야 한다는 것을 뜻한다. 이는 상대에 대한 존중과 사랑으로 되돌아간다.

"사랑도 받아 본 사람이 베풀 수 있게 된다."라는 유명한 말도 있지 않은가 말이다.

로맨스 소설 속 절세 미녀를 제외하고, 어느 누가 자신을 믿지 않는 사람을 사랑해 주겠는가?

물론 처음에는 조건 등으로 사랑할 수 있지만 그 만남이 지속되긴 어렵다. 결국 자기 자신감이 없는 사람의 매력은 퇴색되기 마련이니깐.

자신과 만나는 사람이 높은 자존감을 가지고 자신 있게 사랑하는지 아니면 그 반대인지 상대도 본능적으로 안다.

그러니 로맨스를 기다리는 모든 청춘남녀는 먼저 자신을 믿고, 진심을 구분하는 분별력과 통찰력을 길렀으면 좋겠다.

갑의 위치에서 나를 가스라이팅 하려는 불쌍한 존재를 걸러

내기 위해서 말이다. 그래야지만 나만의 군계일학을 찾아낼 수 있다.

그래서 결국, 나는 군계일학을 찾았을까?

우리 어머니 말씀대로 물 좋고 그늘 놓고 정자 좋은 곳은 없으니 어느 부분에서 군계일학이라고 말하고 싶다.

그리고 미숙했던 그 시절을 지나, 나를 믿게 된 지금, 과거로 돌아가서 그 사람에게 전하고 싶다.

"실은 나도 사랑은 아니었어. 다만 누군가가 필요했을 뿐이지. 단지 그뿐이었어. 그리고 당신이 준 그 책은 안 봤어. 내 취향이 아니었거든."

또한 그 시절의 힘들었던 나를 꼭 안아 주며 말해주고 싶다.

"그 겨울 같았던 시간을 잘 이겨낸 넌 참 대견해. 살다 보니 그 어느 것도 변하지 않는 것은 없더라. 상처받은 마음도 편안함으로 변하는 것을 보면 말이다. 너에 대해 긍지를 갖고 한 걸음 더 나아가게 된 것을 축하해."

그 누구보다 당신을 사랑하고, 떠나가는 상대의 뒷모습을 절대 바라보지 않기를 바란다.

앞으로 멀리 나아가는 우리들의 대기만성 로맨스를 위하여!

"인생을 포기한 채 내 발밑에 매달리는 건

너한테 안 어울리잖아."

　　　　　　　　　　　　- 김빠의 『품격을 배반한다』 중에서

우리가 안녕한 이유_

SBS에서 방영했었던 〈그해 우리는〉은 어느 하나 빠질 게 없는 웰 드라마이다. 나에게는 그렇다.

해피엔딩이었기에 행복했지만, 주인공이었던 웅과 연수가 헤어져야 했던 이유를 볼 때는 가슴이 먹먹하기만 했다. 여자 주인공의 다치고 싶지 않았던 마지막 자존심과 이유도 모른 채 버림받아야만 했던 남자 주인공을 보며 "누구라도 한 번쯤은 겪어 보지 않았을까?" 하고 공감했다. 그래서 더욱 사람들에게 사랑받고 인기가 있었으리라.

나의 절친 또한 헤어지는 진짜 이유를 숨긴 채 헤어져야만 했던 경험이 있었다.

이유인즉슨, 아름답지 않게도 술 때문이었다. 친구 말에 의하면 만나기로 한 날부터 후회가 되는 것이 상대방에게서 매일 술 냄새가 풀풀 났다고 한다. 만화에서 알코올 중독자들을 표현할 때 코와 눈 주변을 붉게 채색하는 이유를 그 사람을 보고 난 후에야 알게 되었단다. 더군다나 더욱 충격적인 사실은 와인 바 누나와 연락한다는 게 아닌가?

친구는 완전 기겁을 하고 이 사람과 어떻게 헤어져야 할지, 매일 나에게 고민을 털어놓았다. 결국 안전하게 이별하기 위해 다른 이유를 둘러대며 헤어짐을 고했다고 한다. 그런데 그 후에도 남자에게 끈질기게 전화가 왔고, 집과 직장에도 찾아왔다는 후문이 있었다. 정말 후들후들하지 않는가?

그런데 황당한 것은 내 친구가 우유부단하게 여지를 주었기에 그런 것 아니겠냐고 말하는 사람들이 있었다는 것이다. 지금이라면 상상할 수도 없겠지만.

그렇게 무시무시한 사건을 이렇게 글로 적는 이유는, 절대 술을 과하게 마시거나 술로 인해 여러 가지 문제를 만드는 사람은 만나지 말라는 말을 힘주어서 하고 싶어서이다.

과거 어떤 방송에서 남자 친구가 "술만 안 마시면 완벽한데." 라고 말하는 여성을 본 적이 있다. 술을 마시고 문제를 일으키는 것 자체가 치명적인 요인이기에 절대 그런 만남을 유지하라고 권할 수가 없다.

나의 인생 멘토인 어머니 또한 결혼 전 "이런 사람 만나야 한다."라고 일절 말하지 않으셨지만, 그럼에도 절대 만나지 말아야 할 세 사람은 신신당부하시며 알려 주셨다.

그건 바로 '술주정 있는 사람, 도박하는 사람, 바람피우는 사람'은 절대 상종도 하지 말라는 진리의 말이었다. 살아 보니 어른 말 하나 틀린 게 없더라.

결국 내가 정립한, 만나면 안 되는 사람은 조절력이 없는 사람이었다. 자신에 대한 조절과 통제력이 부족하다 보니 술과 도박과 바람에 중독이 된다. 그리고 DNA가 그렇게 만들어졌기 때문에 변하기란 쉽지 않다. 흔히들 말하는 "사람은 고쳐 쓰는 게 아니다."라는 유행어도 있지 않은가? 꼭 다른 부분이 좋다고 해서 이것쯤은 괜찮지 않을까? 라고 오판해서는 안 된다.

주변에서 말하기를 '다 좋은데 딱 하나 걸리는 그것' 때문에 사달이 나더라. 그래서 나는 그런 이야기가 들리면 초장에 잡으려고 하지 마라, 그냥 유유히 놓아주라고 조언한다.

자기 조절력, 관리능력이 없는 상대는 처음부터 쳐다보지도 말라고.

아주 예전에 Mnet에서 옛 애인을 추적하는 프로그램이 있었다. 바람둥이 남자 친구가 자신에게만은 순종하고 순결을 지킨다고 굳게 믿던 한 여성이 신청했었다. 프로그램은 실험관찰 카메라로 촬영되었는데, 웬걸? 반전이었다. 다른 여자들과 지나치게 친밀해서 모자이크로 처리한 후 방송으로 송출됐었다.

물론 개과천선이라는 단어가 있다지만 자신도 변하기 힘든 세상에서 왜 힘들게 타인을 변화시키는 데 시간을 쏟는가? 우리는 성직자가 아니다.

이런 까닭으로, 저 세 가지 중 하나라도 충족하는 남자와는 절대 만나서는 안 된다.

어떻게 확인하냐고? 나의 고개가 조금 갸우뚱해지는 사람은 아니라는 신호로 여기자. 이성보다 먼저인 싸한 감각을 믿어라.

그리고 적어도 봄 여름 가을 겨울의 사계절은 함께 지내며 상대에 대한 데이터를 모아야 한다.

이는 남녀노소 불문하고 소설보다는 현실에서 기필코 사수해야 할 문제이다.

내 주변 사람들은 흔들리는 인생 속에서 자신을 적절하게 통제할 수 있고, 사랑이 많은 사람과 결혼했으면 좋겠다. 살다 보면 누구나 예기치 않았던 크고 작은 문제들에 봉착하게 된다. 그 어려움 속에서 헤쳐 나오려면 개인이 가진 통제력과 관리 능력이 필수적이라는 것을 알게 되었기 때문이다.

누군가 말하기를 결혼은 "세모와 네모가 만나서 동그라미가 되는 것."이라고 했다. 결국 동그라미가 되는 것은 인내심과 통제력을 갖춘 사람들이 그 과정을 잘 극복했을 경우 얻게 되는 결과인 셈이다.

그러니 아직 짝을 찾지 못한 사람들이 있다면, 조절력 있는 사람을 찾자.

좀처럼 찾기 힘들다고? 그래도 포기하지 말고 열심히 찾길.

언제가 아니라 '어떤 사람'을 만나는 것이 인연의 핵심이다.

마음은 신중하게, 행동은 부지런하게 움직여서 반짝이는 로맨스 상대를 분별해 내기를 바란다.

그것만으로도 로맨스의 반 이상은 성공한 것일 테니까.

"관계는… 책임이야. 순간의 감정으로 널 만나진 않을 거야. 너도… 그러길 원해."

— 홍수연의 『불꽃』 중에서

반편견과 의리의 기적_

2023년도 여름을 강타했던 영화 <엘리멘탈>을 보았는가?

나는 지금까지도 OST를 무한 반복으로 듣고 있다. 서로 다른 불과 물의 사랑 이야기로, 불처럼 열정 넘치는 '앰버'와 유쾌하고 감성적인 물, '웨이드'가 주인공이다. 이 둘은 만남을 통해 지금껏 믿어 왔던 모든 것들이 흔들리는 경험을 한다. 그리고, 마침내 웨이드의 사랑으로 앰버를 변화시킨다. 마치 우리의 만남과도 같았다.

10여 년 전 나는 반복되는 일상을 살아가고 있었다. 보편적으로 말하는 결혼 적령기로, 꽤 많은 사람을 만나면서 말이다. 그 때만 해도 결혼은 선택이라고 말하는 경우는, 조금 깨어 있는 사람들의 이야기였다. 나에게는 그랬었다.

유난히도 차가운 바람이 쌩쌩 불었던 2011년 1월의 초입.

그날은 집에 있을 바엔 차라리 사람이라도 만나서 이야기나 하고 오자는 가벼운 마음으로 소개팅 장소로 향한다. 베이지색의 코트와 케이프를 두르고 그때 유행하는 롱부츠를 신는다. 약속 장소는 강남역 100억 카페.

차가운 바람을 가르며 카페로 향하는 길은 너무 가파르고 춥게만 느껴진다. 무상무념으로 터덜터덜 텅 빈 걸음걸이를 옮긴다. 그냥 '아~ 춥다. 오늘은 어디쯤에서 대화를 끊고 헤어져야 할까?'라는 생각으로.

어떤 기대도 준비도 없이 그냥 걷고 있는 내 눈앞에 한 남자의 뒷모습이 보인다.

청바지에 남색 패딩, 목 주변에 칭칭 휘어 감긴 보라색 목도리, 그리고 주머니에 쑥 집어넣은 두 손이 인상적이다.

"어지간히 춥나 보다."라고 생각했다.

그런데 불현듯 어린 시절 인기 있었던 7080 가수 변진섭의

<희망 사항> 노래 속 가사가 생각나는 것이 아닌가?

  '청바지가 잘 어울리는 남자~♪'

  왠지 다리가 길고 뒤에서 보이는 머리칼이 성시경을 연상시
켰다. 뒷모습만 보고, 난 속으로 혼잣말을 했다. "뒷모습이 매력
있네."라고 말이다. 그런 상념을 마친 후 드디어 카페에 도착.
  길치였던 나는 길에서 시간을 허비한 후 어렵게 찾아낸 100
억 카페로 들어선다. 그전에 유리창에 옷매무새를 비춰 보며 점
검한다. 머리카락도 쓸어내리며 정리해 본다. 소개팅남을 찾기
위해 두리번거리며 시선을 돌리던 그 순간, 전화벨이 울린다.
  "여보세요? 오셨어요? 전 2층에 있어요."

  경상도 여자인 나는 수화기 너머로 들려오는 서울 오빠의 나
긋한 말투에 1차 호감을 느낀다. 발걸음을 옮겨 2층으로 올라간
직후 발견한 한 사람.
  '앗! 아까 뒤에서 바라보았던 청바지가 잘 어울리는 남자가
아닌가?' 혹시… 운명?

일단 놀란 마음을 진정시키고 자리에 앉는다. 커피를 시킨 후 끊이지 않고 부드러운 대화가 오고 간다.

사실, 그 시절의 나는 외모 점검 시기로 교정기를 낀 채 여전히 정체성 있는 사투리를 쓰고 있었다.

그래서 사람을 만나게 되면 무의식적으로 말을 많이 하지 않게 되었다. 만났던 다수의 사람이 대화 주제로 나의 치아 교정이나 어투를 언급하는 것이 무례하게 여겨졌다. 또 나의 내면보다는 외면에 집중된 질문과 관심들로 인해, 그들이 편견을 가진 사람처럼 느껴져서 마음을 닫았던 것도 같다.

그런데, 어라? 소개팅남은 전혀 그것에 관해 묻거나 말하지 않는다. 단 한 번도 말이다. 서울 오빠에 호감이 더해진다. 편안한 분위기에서 대화를 주도하며 이끄는 이 남자, 좀 괜찮다.

그렇게 첫 만남에 호감을 느낀 나는 애프터를 받아들였고, 우여곡절 끝에 사귀는 사이가 되었다.

중매 연애가 시작된 셈이다. 이렇듯 자만추가 아니어도 중매에서도 인연을 만날 수 있었다.

내가 여러 번의 만남 끝에 찾아낸 이 사람의 좋은 점은, 편견 없는 시선을 가졌다는 점이다. 그동안 만났던 사람들과 달리 나의 내면을 보아 준 따뜻한 시선을 가진 의리 있는 사람이었다.

그에게서 오는 편안함과 진솔함이 우리의 로맨스를 결혼이라는 해피엔딩으로 이끌지 않았을까 싶다. 그리고 은근히 집순이였던 나를 활동적으로 이끌며 지역의 여러 명소를 경험시켜 준 것 또한 플러스 요인이었겠지?

아무튼, 그때의 그 만남은 지쳐 있던 나에게 기회였고 기적이었다. 그리고 조금은 외적인 조건을 생각할 나이였던 나에게 깨달음을 주었다.

'편견 없는 시선으로 나의 가치를 알아봐 주는 의리 있는 사람이 진국이야.' 라고.

그 후로, 나 또한 여러 사람의 다양성에 공감하고 편견 없는 시선으로 누군가를 바라본다.

어렸을 적 손수레를 끌고 가는 허리가 굽은 어르신을 바라보며 '저분의 삶에는 어떤 반짝이는 이야기가 있을까?' 하고 생각했던 것처럼 말이다.

그런데도 불구하고 사람들에게 신신당부하는 것을 잊지 않는다.

반드시 뒷모습에만 반하지 않기를.

"저 좋아하시는 거 아니죠?" … "좋아해."

— 우지혜의 『너와 사는 오늘』 중에서

윤활유 같은 유연함으로 톱니바퀴 맞추기_

우리는 하하 호호 연애한다.

남자는 성실하게 항상 데이트를 계획해 온다. 여자는 소설 속 여자 주인공처럼 남자의 계획에 응하며 행복한 시간을 보낸다. 헤어지는 것이 아쉬워서 서로 데려다주기를 반복하던 설레는 나날들이다.

지금의 남편은 그때 엄청나게 고생했다고 생색내듯 이야기하곤 한다. 나로서는 "그래도 뭐! 그 정도 노력했으니 결혼할 수 있었던 거 아니야?"라며 여전히 큰소리친다.

연애하다 보면 사람의 좋은 점도 깊이 알 수 있지만, 단점도 보이기 마련이다. 나 역시 연애 중반부터 단점이 보이기 시작했다. 그것은 바로 미칠 것 같은 강백호 티셔츠부터 시작된다.

우리는 서울 강남에서 자주 만났다. 약속 장소로 나갔던 그날, '설마, 저 사람은 아니겠지?' 다가가기 싫어졌다. 눈을 질끈 감고 아는 척도 하기 싫다. 그냥… 되돌아갈까?

그 이유는 바로, 강백호 티셔츠를 입고 나왔기 때문이다. 절대 세련된 라인의 티셔츠를 생각하면 오산이다. 중학교 때 입었을 법한 검은색 바탕에 뚜렷한 흰 선으로 강백호가 그려진, 아주 정직한 각의 추레한 티셔츠였다. 질끈 눈을 감고 도망가고 싶었다. 첫 만남부터 목도리를 질끈 휘감은 것이 거슬리긴 했지만, 이 정도일 줄은 몰랐다. 누구를 탓하랴.

지금이라면 당당하게 핀잔을 주겠지만, 그때만 해도 연애 초기라 직설적으로 말해주기가 어려웠다. 그래서 그날 하루 종일 툴툴거렸던 기억이다.

이처럼 옷 감각이 없었던 뒷모습만 예뻤던 그 남자이다.

또 다른 에피소드는 운전하던 중 호떡을 먹고 싶다는 그의 말에, 귀찮음을 감춘 채 차에서 내린 후 그것을 사 주었다. 별로 먹을 생각이 없던 나는, 내 것까지 다 먹으라고 권유했다. 그랬더니 아주 반기면서 호떡을 덥석 받아 먹더라. 복선이었다.

매일 먹기 위해 다닌다. 먹는 것에 매우 집중하는 이 싸한 기분은 무엇일까? 역시나 결혼 후에도 잘 드신다. 그리고 시댁에서 어릴 적 사진을 발견하게 된다. 오동통한 아이가 사진 속에 계속 있는 것이 아닌가?!

알고 보니 결혼하기 위해 죽음의 다이어트를 했고, 때마침 내가 그 시기에 걸려든 것이었다. 따흑.

아무튼, 결혼은 추진되었고, 누구나 결혼 준비 과정에서 한 번쯤은 겪는 갈등에 나도 맞닥뜨리고 말았다. 결혼 전날 대판 싸운 후 이불을 뒤집어쓰고 누웠다.

"그래! 이런 마음으로 결혼을 할 수 없어!" 난 친정집으로 전화를 건다. 지방에 계신 아버지께서는 밝은 소리로 전화를 받으신다.

"어 그래~ 딸! 집에 친척들이 다 와서 내일 전세 버스로 올라갈 끼다." 오 마이 갓.

아무리 내가 간이 커도, 결혼 전날 "결혼 안 하고 싶어!"라고 말할 용기는 없었다. 그 말이 도저히 입에서 떨어지지 않았다. 그래서 전화를 끊고 우주의 기운을 모아 마음속으로 기도한다. '신이시여, 제발 이 결혼이 해피엔딩으로 끝나게 해 주세요!'

그렇게 마음을 추스른 후, 나는 결혼식장에서 활짝 웃는 연기를 할 수 있었고 우리의 갈등은 칼로 물 베기처럼 지나가 버렸다.

그런데도 불구하고 불과 물처럼 다른 우리는 혹독한 신혼기를 보냈다.

한 번은 상대방 입장을 너무 공감할 수 없었다. 그래서 누구의 말이 맞나 내기해 보자며 손을 잡고 부부 상담소를 찾은 적이 있다. 그 상담사는 우리의 이야기를 다 들은 후 진단과 조언을 해주었다.

"부부는 서로 맞물려 있는 톱니바퀴와 같습니다. 서로 잘 맞춰질 때 조화롭게 가정이 운용될 수 있습니다. 무엇보다 서로에 대한 매력을 잃지 않도록 노력하세요."

그날 우리는 상담소를 나서며 서로 질세라 입을 모아 이야기 했다.

"봐, 내 잘못만은 아니지? 같이 잘해야 하는 거야." 그리고는 서로의 얼굴을 마주 보고 웃는다.

그후 시간은 약이 되어 서로를 이해하고, 톱니바퀴처럼 맞춰 가며 현재진행형으로 살아가고 있다. 어쩌면 맞춰 가는 것이 아니라 그냥 인정해 버려서 맞춰진 것이기도 하다.

이처럼 결혼 과정이나 결혼 후에는 달콤하기만 했던 로맨스 들이 뱉을 수 없는 쓴 약처럼 다가올 때가 있다. 누구의 잘못이 나 문제 때문만은 아니다. 나도 나를 이해할 수 없을 때가 있는 데, 결혼이라는 사회적 약속을 통해 상대를 온전히 받아들이는 것은 쉽지 않은 일이다.

그러나 그날 상담사의 조언처럼 톱니바퀴 가정을 꾸리려면 윤활유 같은 유연한 사고를 해야 한다는 것을 알게 되었다. 융 통성 없이 타인의 생각을 인정하지 못하는 사람은 그 누구와도 더불어 살아가기 어렵다는 것을.

즉, 평생 반려자를 만날 때는 융통성 없는 꼰대는 피해야 한 다. 그리고 문득 지나간 시절, 꼰대 기질을 감추고 있던 그 사람과 이별했던 나를 칭찬한다. 물론 부지불식간에 끝난 로맨스가 아쉽기도 했지만 후회하지 않는다.

결국 일어날 일들은 일어나야 해결되는 법이고, 나는 내가 할 수 있는 최선을 다했었기에.

그래서 오늘도 시간에 맡긴다. 시간이 또 다른 유연한 소설로 나를 데려가 줄 것을 믿으면서 말이다.

"너 하나가 실은 내가 갖고 싶은 전부였다고."

– 홍수연의 『키메라』 중에서

우상향하는 낭만주의자_

나는 곧 결혼할 남자가 있다.

그런데 여행지에서 새로운 그 남자가 다가온다. 혼란스럽다. 알고 보니 우리 회사, 회장의 둘째 아들이다. 다가서기가 어렵다. 애절한 눈빛으로 나를 바라보는 그를 외면한 채 스쳐 지나간다. 그러나 아쉬움에 다시 뒤돌아보고 싶다. 하나 둘 셋! 뒤돌아보려는 그 순간에 나는 꿈에서 깼다. 꿈속에서 한 번만 더 그를 만나고 싶다. 그러나 아무리 눈을 감아도 다시 잠들지 않는다. 아, 아쉽다….

– 2023. 9. 5. 꿈 이야기

청량함으로 시작된 나의 로맨스 소설 홀릭은 지금의 결혼 유지에도 선한 영향력을 미치고 있다.

아쉬운 점은 결혼 10년 차가 넘은 지금, 연애 때 느꼈던 남편의 편안함은 '답답함'으로 바뀌었고 성실함은 '융통성 없음'으로 바뀌었다는 점이다.

단 하나 바뀌지 않은 것이 있다면 여전히 나의 내면을 보아주는 선한 눈과 다정한 마음이다.

그것이 지금까지도 우리의 로맨스가 유지되고 있는 이유이다.

나의 짝은 내가 어떻게 행동해도 묻지 않고 나의 내면을 알아주는 이상한 사람이다. 그래서 평생 옆에 두고 싶은 사람이기도 하다.

우리에게는 연애 주제곡이 있다. 바로 Taylor Swift의 〈Love Story〉이다.

마음을 고백받던 날, 나는 그에게서 레트로 감성을 담은 CD 한 장을 받았다. 처음에는 '뭐야… 요즘 어떤 시대인데…'라고 마음속으로 생각했던 것이 솔직한 심정이긴 했다.

그런데 CD를 재생시켰더니 좋은 음악이 들렸고, 거기에 담긴 시간과 노력이 보였다. 그리고 따뜻한 말 한마디가 가슴에 와닿았다.

"올해 소원이 무엇인가요? 제 소원은 당신의 소원이 이뤄지는 것입니다."

이 같은 작업 멘트를 듣고, 나는 홀라당 속아 넘어가게 되었다.

어느날, 결혼을 하고도 집안 살림에 취미가 없고, 요리도 서툰 것이 미안해서 말문을 열었다.

"미안해. 내가 집안일이 서투르고 잘 못 챙겨서."

"괜찮아, 그런 거 안 해도 돼, 그냥 너는 너 하고 싶은 거 하면서 살아."

평생 잊지 못할 말과 감동의 순간이었다. 내가 얼마나 진한 감동을 했는지 모른다. 그리고 그 말이 도화선이 되어 나는 여태껏 내가 하고 싶은 것만 하고 산다. 로맨스 소설을 보면서 말이다.

유행이 지난 강백호 티셔츠를 입었더라도

먹는 것을 아주 즐기는 미식가여도

융통성이 없고 답답한 구석이 있어도

나를 이해해 주고, 내 삶을 응원해 주는 가장 따뜻한 사람이니깐 그것만으로도 되었다.

하지만 이런 대화만 오간 것은 아니다. 10년이 넘는 시간 동안 많이 다투기도 하고 서로의 힘듦을 탓하기도 했다.

경험해 보니 세월이 지나면 권태기가 오고 로맨스가 끝나는 것처럼 보편적으로 이야기들 하지만 오히려 더 진해지는 로맨스가 있다는 것을 사람들은 잘 알려주지 않는다. 물론 '전우애로 살아간다. 동지이다.'라는 은유적인 표현이 그런 뜻일 테지만 말이다.

그래서 나는 사람들에게 현실 로맨스의 해피엔딩을 꿈꾼다면, "당신을 진정으로 알아봐 주고 성장시켜 줄 그런 따뜻한 사람을 만나."라고 말해주고 싶다.

영화 <이보다 더 좋을 순 없다>의 유명한 명대사에서도 찾아볼 수 있다.

"You make me want to be a better man."(당신은 내가 더 좋

은 사람이 되고 싶게 만들어.)

이처럼 어떤 사람을 만나느냐에 따라 서로를 변화시킬 수 있다.

고백하건대, 내가 결혼을 결정한 이유는 지금의 짝이 나를 긍정적으로 변화시킨 유일한 사람이어서이다. 무엇이라고 형용할 수 없지만 남편 옆에 있으면 든든하기도 하지만 가끔 힘이 든다.

그런데 그 힘듦은 부정이 아니고, 긍정이다. 투정 부리지만 남편의 권유가 나에게 득이 되고 피와 살이 된다. 남편도 마찬가지일 것이라 믿는다. 이것이 내가 잔소리를 끊지 못하는 이유이기도 하다.

이처럼 우리는 서로를 긍정적으로 성장시켜 주고 있는 게 아닐까?

둘이 힘을 모아 상생하는 것, 함께 우상향하는 로맨스가 성숙한 사랑이라고 자부할 수 있다.

그리고 서로 더 멋진 사람이 될 수 있도록 함께 노력하고 돕는 것, 이보다 위대한 일이 있을까?

삶도 그러하듯 시간 속에서 우리의 로맨스도 성장해야만 한다.

다만, 지치는 순간이 온다면 잠시 쉬어가도 된다. 원래 성장은 끊임없이 부딪힌 후 여유를 찾은 순간 찾아오는 도약이니까.

"더 이상 도망치지 않고 제대로 살게 해 줘. 너에게 내 마음과 평생을 바칠 테니."

— 조강은의 『낙원의 오후』 중에서

PART 4

내일로 나아가기 위한 시선

아무리 로맨스를 좋아하더라도 항상 로맨스 소설만 볼 순 없다. 아무리 맛난 음식도 계속 먹으면 질리기 때문에 골고루 섭취해야 하는 것과 같다.

어쨌든, 나는 자기 계발이라는 명목인 동시에 가사와 육아에서 벗어나고자 격주 일요일마다 지적인 그녀들과 선데이북스 독서 모임에 참여하고 있다.

주로 고전을 좋아하는 그녀들에게 실은 로맨스 소설이 나의 취향이라는 속내를 표현하기는 어려웠다. 책 이야기를 나누는 과정에서 통속적인 내용이나 인물 간의 연애 특성을 비판하는 순간 오면 "어머! 나는 너무 설레고 좋던데."라고 반대 의견을 비치고 싶었다.

하지만 나의 덕후 취향이 드러날까 봐, 혹은 이미지 관리하느라 꿀 먹은 벙어리일 때가 종종 있었다. 커밍아웃을 한 이후 얼마나 기쁜지 모른다.

독서 모임이 있는 날이면 여유 있게 약속 장소로 향한다. 모임 장소는 Lati 25라는 작은 동네 카페이다. 9시에 오픈이지만 주인은 항상 8시 50분쯤에 풍미 가득한 커피 향과 함께 문을 열어 둔다. 나는 반가운 눈인사를 나눈 후 모든 멤버가 앉을 수 있는 자리를 선점한다.

그런데 방문 때마다 마주치는 중년의 신사분이 있다. 카디건을 즐겨 입는 점잖은 외모와 태도를 갖춘 그분은 항상 2인분의 따뜻한 커피와 함께 샌드위치를 주문한다. 그리고 잠시 후 카페로 들어서는 비슷한 연배의 고상한 여자분을 보게 된다. 바로 아내였다. 아내를 위해 미리 주문하는 그 소소한 배려가 마치 로맨스 소설 속 남자 주인공을 연상시켰다. 그냥 직관적으로 멋있다는 것이 속마음이었다.

어김없이 집에서 퍼질러 자고 있을 나의 배우자를 떠올리며 괜스레 원망의 감정도 동반된다. 부부지간에 주말 아침의 카페라니 꿈조차 꾸지 않았던 나에게는 선망 그 자체였다.

물론 나도 할 수 있지만, 이른 아침에 아이들만 집에 두고 카페로 간다는 것은 아직 쉽지 않은 일이다. 그래서 나의 부러움은 백만 배 더해진다. 어쩜 대화도 조곤조곤 교양 있게 말하시는지.

내 마음에 로맨스 꽃이 활짝 핀다.

그리고 마음속으로 주문을 왼다. '나도 저렇게 늙어가야지. 아이들이 조금 더 크면, 주말 아침에 남편과 함께 베이커리카페나 인근 카페에서 데이트해야지.'라고 말이다.

그러면서 문득 노년의 로맨스를 유지하려면 어떻게 해야 할지 생각해 본다.

사랑의 유효기간은 보통 900일이라고 한다. 그렇다면 앞으로 40년 더 넘게, 함께 살아야 할 나의 배우자와 잘 지낼 수 있는 비법 아닌 비법은 무엇일까?

나이가 들면 서로의 배우자보다 친구들과의 만남이 더욱 좋다고들 말한다. 나는 이 말에 매우 찬성한다. 틈만 나면 가정이라는 궤도를 이탈하려는 나만 봐도 신빙성이 있는 말이다.

그럼에도, 현실 로맨스 대상자와의 사랑을 해피엔딩으로 마무리할 방법에 대한 고민이 한창이다. 그리고 집으로 돌아와 수첩을 꺼내 들고 적어 본다.

첫 번째는 로맨스 소설을 계속 읽으면서 말랑한 감성을 잃지 않는 것.

두 번째는 부부 둘만의 정기적인 모임을 만들고 대화하는 것.

책을 좋아하는 사람은 독서 모임에서 만나고 운동을 좋아하는 사람들은 운동 동호회에서 만나듯이 배우자와의 같은 관심 거리를 찾아 함께 시간을 보낸다는 아주 평범한 것이 나의 해답이었다.

그렇다면 식성도 다르고 취향도 다른 우리가 무엇을 함께 할 수 있을까?

그때 머릿속에 떠오른 하나의 단상이 있다. 결혼 시기 중 가장 좋다는 신혼 초기에 헬스장을 함께 다녔었다. 서로의 눈을 바라보고, 미소 지었었지. 왜 그랬을까? 싫었을 정도로 좋았던 시절이었다.

그 기억을 소환한 이후 우리는 같이 운동하는 것을 목표로 일정한 시간에 함께 걷는다.

물론 산책만으로도 힐링이긴 하지만, 때론 생기가 빠진 듯 밋밋한 느낌이 찾아들 때가 있다. 그럴수록 난 의도적으로 더 생기를 불어넣는다. 마치 바람 빠진 풍선에 공기를 넣듯이 말이다.

머릿속으로 재미있게 읽었던 소설 속 멋진 남자 주인공의 얼굴을 현실 로맨스 상대 얼굴 위로 겹친다. 인위적인 로맨스 렌즈를 끼는 그 순간, 나는 마치 우리가 로맨스 주인공이 된 듯한 느낌이 든다. 그리고 미소도 실실 새어 나온다.

가끔은 나의 과잉스러움에 남편이 의아하게 쳐다보지만 신경 안 쓴다. 내가 즐거우면 그만이니깐.

중년에도 마음 설레는 사랑을 꽃피우며 유지할 수 있다. 나이가 들어도 감성은 그대로이기에.

온라인 카페에서 읽었는데, 명절날 시어머니께서 방에서 안 나오시길래 문을 열어 보았더니 로맨스 소설을 읽고 계셨단다.

그리고 로맨스 소설을 알아보는 며느리에게 반색하며 "너도 로맨스 소설 보니?"라고 말씀하셨다는 글을 접한 후 결심했다.

나도 시력이 버텨주는 한 나이가 들어도 생기 있게 로맨스 소설을 읽을 것이라고 말이다. 나의 마음은 시간이 흘러도 여전히 청춘에 머물러 있을 것을 알기에.

때론 시간과 함께 감성이 조금 더 옅어지고 느려질 순 있을 것이다. 그럼에도, 결혼이라는 같은 배를 타고 육아라는 풍파를 이겨낸 동지와 함께 로맨스를 생기 있게 유지하고 싶다.

그리고 믿는다. 인간 마음에 있는 생기 있고 설레는 감성은 신이 인간에게 부여한 선물이란 것을.

그 감성이 정통 로맨스의 핵심이라고.

나는 항상 2인분의 샌드위치를 염두에 두면서 오늘과 내일도 로맨스로 가득 채우기로 결심했다.

"그 외에도 더 많은 것들이 걸림돌이 될 테지만 그럼에도 사랑이, 있다는 걸."

— 해화의 『그 외에도 더 많은 것들』 중에서

다초점 애교 렌즈_

그날은 선데이북스의 송년회 날이었다. 기온이 -11도로 매우 추운 겨울임에도 불구하고 좋은 사람과 즐거운 시간에 대한 설렘은 크다. 기모가 들어간 스타킹과 장갑까지 단단히 채비한 후 집을 나선다. 지하철역에 들어섰더니 미소 띤 얼굴들이 반겨준다.

우리의 목적지는 연남동 checkin_books란 곳이다. 여행서점으로, 모임을 위한 공간 대여와 함께 맛있는 프렌치 음식과 와인을 준비해 주는 핫플레이스였다. 언젠간 나도 갖고 싶은 이색적이고 아기자기한 커뮤니티 공간이다.

분위기 있는 음악 속에서 우리는 이런저런 이야기꽃을 피우기 시작한다. 육아, 교육, 일, 재테크 등 각자의 분야에 대한 정보를 공유하고 안부를 묻는 과정은 그저 행복하기만 하다. 그렇게 시작된 수다 삼매경 끝에 자연스레 집에서 아이들을 돌보고 있을 배우자에 관한 이야기가 주제로 떠오른다.

가정생활을 하며 봉착하는 상황들에 대해 다른 집들은 어떻게 해결하고 있는지에 대한 문답은 지혜를 나눌 수 있는 아주 이상적인 순간이다. 그날은 특히, 영 앤 리치, 프리티까지 갖춘 동생이 먼저 포문을 연다. 모두 맞벌이 가정이었기에 가사 분배를 어떻게 하는 것이 현명한지에 대한 화두였다. 이야기로 열기가 피어올랐다. 너도나도 기다렸다는 듯이 억울함을 토로하며 폭풍 공감한다.

"프리티영 앤 리치야! 너는 재테크도 잘하고 돈도 잘 벌고 교육도 잘하잖아. 지금도 충분히 잘하고 있어."

건설적인 모임인 만큼 서로의 남편 입장에서도 헤아려 주는, 피가 되고 살이 되는 조언을 주고받는다.

그러면서 내가 체득한 비결을 슬쩍 얘기한다.

이야기의 핵심은, 원활한 가사 분담을 위해 '아 몰라' 권법을 써야 한다는 것이다. 여기서 '몰라'는 대나무처럼 올곧은 강직한 '몰라'가 아니다. 바람에 흩날리는 한들한들 코스모스의 '몰랑'인 것이다.

이 권법의 기조가 되는 모델은 나의 시부모님이시다.

상대적으로 어머니보다 아버지가 조금 더 애교가 있던 집안 분위기에서 자란 나로서는 결혼한 후 만나게 된 시부모님의 관계를 보며 큰 충격과 깨달음을 느꼈던 기억이 있다.

어머님께서는 애교와 웃음이 많으신 분이시고, 아버님께서는 어머님을 대신해 집안일을 뚝딱뚝딱 해내신다. 그리고 현재 모두 일흔이 넘으셨음에도 불구하고 그 옛날에 연애 결혼을 하셨단다. 긴 연애 끝에, 조금이라도 나은 형편에서 시작하려다가 결혼도 늦으셨다고 말씀하셨다. 애틋한 연애를 하셔서 그러실까? 아직도 아버님께서는 어머님을 인생의 트로피라고 표현하시며 아낌없는 사랑과 칭찬을 하신다. 결혼 직후 며느리 앞에서 어머님의 다리를 주물러 주시는 모습에 내가 먼저 고개를 돌렸을 정도니까.

유심히 두 분의 관계를 보고 느낀 점은 어머님께선 애교 권법, 즉 앞서 말한 '아 몰랑'을 잘하신다. 어떤 일을 하시다가도 "아 몰랑." 하고 말씀하시며 남편이 무엇을 할 기회를 부여하신다는 것이다. 그러면 아버님께서는 "허허." 하고 웃으시며 "당신이 하긴 어렵지~ 이리 줘."라고 말하신 후 과일도 깎으시고 설거지, 청소 등 집안일을 도맡아서 하신다. 충격 아닌 충격이었다.

어느 시점에서는 혹시 며느리 앞에서 보이는 쇼윈도 모습은 아니실까? 하고 의구심이 든 날도 있었다. 하지만 10년을 면밀히 관찰한 결과, 아몰랑 권법의 효과는 분명히 있다는 사실이었다.

말이 '아 몰랑'이지, 이 권법의 핵심은 애교이다. 그렇게 모임에서 전수된 비밀 권법은 모든 지인에게 폭풍 지지를 받았고, 뿌듯한 마음으로 나는 집으로 돌아왔다.

드디어 현실에서 비밀 권법을 다시 적용해 볼 시간이 온 것이다.

먼저, 입꼬리를 올리며 텐션을 높인다. "자갱양. 오늘 넝뭉넝뭉 고생 많았지? 넝뭉넝뭉 고생했엉."라고 말하며 주둥이를 내밀어 본다. 앞에 있는 남편이 로맨스 소설 속 남자 주인공이라고 생각하면서 말이다. 동시에 자연스레 설거지와 빨래 등 청소

상태를 스캔한다.

'식탁 위를 보니 저녁은 밖에서 먹었군. 빨래는 돌렸네. 정리 정돈을 하나도 안 했고, 아직 빨래 개기가 남았잖아. 그래도 괜찮아. 오늘은 나에게 해방의 시간을 주었으니.'

그런데 마법 같은 아 몰랑 작전이 통했는지 남편이 빨래 개기를 시작한다. 마음속으로 쾌재를 외친다. 나도 고마운 마음에 주섬주섬 빨래를 갰더니 바른말 하기 대장인 둘째가 와서 "엄마, 오늘은 웬일로 아빠랑 같이 빨래를 개?"라고 얄밉게 말한다.

"응 오늘따라 아빠가 로맨스 소설 남자 주인공처럼 잘생겨 보여서."라고 들으라는 듯 말해준다. 사랑스러운 미소와 함께 말이다. 비록 나의 주관적인 미소일지라도.

그렇게 이어지는 남편의 설거지. 역시! '아 몰랑' 애교 권법은 진리라는 것을 느끼며 하루를 마감할 수 있었던 아름다웠던 날이다.

살다 보면 부부지간에 갈등이 없을 수가 없다.

아무리 마음이 맞는 친구여도 서운함이 생길 때가 있듯이, 가족이 아니었던 사람들이 가족으로 살아간다는 것은 뼈를 깎는 고통을 수반하기도 한다. 그리고 애교에 '애' 자도 혐오스러운 날도 있다.

물론 그럴 때 나는 로맨스 소설에서 힐링을 받았지만, 아무리 로맨스 소설을 읽어도 마음의 찌꺼기가 해소되지 않는 날에는 사람을 만나 이야기를 토해 냈다. 무엇이든 부정을 담고 있기는 싫었기 때문에.

이렇듯 나는 단순하고 로맨스답게 살고 싶다. 기승전결이 확실한 로맨스 소설처럼 항상 마지막은 해피엔딩으로 마무리하면서 말이다.

그러려면 소설 속 이야기처럼 갈등을 해결하는 건강한 과정이 필요했다. 그때 나는 갈등 상황이 생기면, 가끔은 '아 몰랑'의 애교라는 필살 무기를 발사해 본다.

갈등을 웃음으로 해결하려는 반전 시도인 게다. '안 통하면 말고.' 쿨하게 생각하면서 말이다.

그와 달리 로맨스 소설 속 여자 주인공들은 애교가 없다. 그냥 맹목적으로 남자 주인공들이 절세 미녀 또는 매력녀에게 목을 매는 것일 뿐. 아주 부러울 따름이다.

그래도 현실을 살아가야 하는 입장에서는 실현할 수 있고 지속 가능한 방법으로 우리만의 낭만적인 로맨스를 만들어야 하지 않을까?

그러한 이유로, 옆에 상대가 오징어처럼 보여도 오늘도 난 눈을 질끈 감고 혀를 짧게 한 채로 말을 걸어 본다.

"왤케 잘 생겨떠용?" 하고 말이다.

"미쳤다고 해도 좋은데…. 한 번만 안아보자."

– 남궁현의 『오늘만 사랑한다는 거짓말』 중에서

나에게는 힘들기만 한 용서_

대학원 시절이었다.

20대의 싱그러움 속에, 미래에 대한 불안을 담고 있었던 시기였으리라. 이른 나이에 대학원을 진학했던 터라 대부분 나보다 나이가 많으셨다. 결혼에 대한 환상을 가지고 있었던 나는 결혼한 분들에게 호기심 어린 눈으로 많은 질문을 던졌다.

"결혼하면 어때요? 어떤 사람을 만나야 좋을까요?" 귀찮았을 텐데도 결혼 선배님께서는 본인들의 경험을 정성껏 나눠 주셨다.

그중 나에게 고민 아닌 고민을 남겨 주신 분의 연애 이야기가 떠오른다.

이야긴즉슨, 대학을 입학한 이후부터 8년 넘게 연애를 한 남자가 지속적인 바람을 피웠단다. 번번이 사랑이란 이름으로 용서를 해 줬는데, 헤어지기 직전의 마지막 바람은 절대 용서가 되지 않았다고.

그 이유는 바람난 상대가 본인보다 더 예뻐서란다. 자존심이 제대로 상한 그땐, 도저히 용서할 수 없었다고 회고하셨다. 나 같아도 그랬을 것 같다. 이것들을 정말!

아무튼, 그 이후 지인분은 집안의 소개를 받고 도망치듯 3개월 만에 결혼을 했단다. 그런데 놀라운 사실은 결혼 후에도 남자에 대한 그리움으로, 함께 썼던 핸드폰을 한동안 장롱 속에 넣어 두셨다는 것이다.

물론 걸려 오는 전화를 끝끝내 받진 못하셨지만 말이다.

"그래서? 남편분은 아셨어요?" 충격의 호기심 만발이다.

"알았을 수도 있겠지. 그런데 모른 척해 주었던 것 같기도 하고…."

그 이야기를 들었던 미혼녀들은 충격에 휩싸여 쉽게 나올 수가 없었다. 그나마 정말 안심인 것은 결혼하신 남편분과 너무 부러울 정도로 행복하게 잘 살고 계신다는 것이다.

반전으로는, 바람을 폈던 그 옛날 남자친구는 다른 사람과 결혼을 했지만, 다시 혼자가 되셨단다.

권선징악이었을까…?

이렇듯 너무 이른 나이에 생활밀착형 사랑 이야기를 들어서인지 20대의 나는 좀 더 현실적인 사랑을 했다. 일부러 그런 것은 아니지만, 연애할 때 나에게 용서라는 것은 없었다. 칼 같은 이별만이 존재할 뿐이다. 아마도 그 이야기의 폐해였던 것 같다.

그래서 솔직히 말하면, 상대의 잘못도 용서할 만큼 애틋한 사랑의 감정을 잘 모르는 것 같다.

아기자기한 인형을 좋아하는 아름다운 지인이 계신다. 그분께서 장난같이 진심을 말할 때가 있곤 하다. 말끝에 "남편이 사고를 쳤지만 용서하기로 했어."라고 말씀하는 게 아닌가? 물론 어떤 사고인지 묻지 않았다. 다만, 내 마음속으론 "아, 역시 대인배."라며 존경의 눈빛을 발사할 뿐.

가만히 되짚어 보니, 나도 결혼한 후 많은 용서를 해 오긴 했다.

현실 배우자의 죄목은 여러 가지다. 날 현혹한 후 결혼한 죄, 잘생기지 못한 죄, 술 먹고 뻗었던 죄, 내 말보다 다른 사람의 말을 믿었던 죄, 살림과 육아에 방관했던 죄. 이 외에 적지 못할 더 많은 죄를 내가 용서했고, 용서하며 살고 있다. 다시 생각하니 나도 대인배인 듯.

불현듯 고등학교 성교육 시간이 떠오른다. 상담사는 모둠별로 우리들을 모아두고 성교육을 한 뒤 한 마디씩 물으셨다. "여러분이 싫다고 하는데 남자 친구가 성관계를 요구한다면 어떻게 하겠나요?"

"헤어져요." 내 대답이었다. 단호한 나의 답변에 상담사가 할 말을 잃고 잠시 멈칫했던 게 기억난다.

아무튼, 이런 나라서 살면서 용서라는 게 힘든 것 같다.

어쩌면 다른 사람에게는 용서인 것이 나에게는 아무것도 아닐 수도 있다. 용서하지 않고 그냥 놓아주니깐. 그것이 사람이든 미움이라는 감정이든 간에 그냥 놓아준다. 특별히 질투하거나 미워하지 않는다. 그냥 괘념치 않을 뿐.

다년간의 경험을 통해 내가 찾은 행복해지는 방법이다. 강하다는 건 어느 순간에도 내가 행복한 것이라는 개똥철학을 세뇌하면서 말이다. 어쩌면 회피일 수도 있겠지.

내가 예찬하는 로맨스 소설 속에서, 남녀의 작은 오해나 실수는 쉽게 용서 받는다. 오히려 상황이 전화위복 되어 주인공들이 더 깊고 영원한 사랑을 맹세하는 결과를 낳기도 한다.

그리고 목덜미를 잡을 만큼 나쁜 사람에게는 용서도 사치란 것을 배운다.

반면, 그 힘듦은 오히려 더 좋은 사람을 만나기 위한 전조증상으로 볼 수도 있다. 가령 나쁜 남자와 이별한 후 오히려 멋진 남자 주인공을 만난다거나, 이성을 떠나보낸 후 끝없이 후회하는 이별 당사자들을 보면 알 수 있다.

그래서 나는 생각한다. 소설과 같이 현실에서도 꼭 인과응보, 사필귀정이 적용되기를.

여자가 한을 품으면 오뉴월에 서리가 내린다고 하지 않는가? 옛 선조들의 지혜는 경이롭기만 하다. 그러니 결정적일 때는 어쭙잖은 용서라는 이름으로 자신을 힘들게 하지 말았으면 한다.

우리는 생각보다 마음이 넓지 않은 좀생이일 수도 있으니깐. 어쩌면 꽤 현명한 사람일지도.

시베리아의 칼바람이 무섭지 않으려면 모두 착하게 살자.

그리고 착한 사람에게는 퍼즐처럼 꼭 맞는 영혼의 짝이 다가올 것을 반드시 믿자.

이렇게 난 나만의 세상 속에서, 어쩌면 진리 속에서 산다.

"이혼을 받아들이겠습니다. 그리고 재혼 승인을 요구합니다."

— 히어리의 『재혼황후』 중에서

다름을 인정하는 농도 깊은 사랑_

요즘 MBTI가 대세다.

실은 사람의 성격을 틀에 맞추는 것 같아서 좋아하진 않는다. 그
럼에도, 대세를 따르고자 테스트를 한 후 나의 유형을 알게 된다.

그런데, 어라?! 은근히 맞는 것 같다. 나는 로맨틱 순위 11위
에 등극한 발명가형으로, 재미있었던 이미지가 눈에 띄었다. 한
공간에 MBTI 유형을 이미지로 그려 놓은 그림이었다. 내 유형
은 대포를 쏠 준비를 하는 엉뚱한 그림으로, 왠지 히죽 웃음이
났다. 본연의 내 모습을 알아주는 것만 같아서.

연인들이 상대를 견줄 때도 MBTI를 많이 활용하는 듯하다.

웬만한 특성만으로 내향적인 I와 외향적인 E, 그리고 이성적인 T와 감성적인 F 정도는 쉽게 파악된다. 그래서 소설을 읽을 때, 서술된 심리묘사나 행동 특성으로 주인공들이 I와 E, T와 F 중에서 어떤 성향인지 유추해 보곤 한다.

셀프 분석 결과, 남자 주인공들은 T의 성향이 짙은 이성적이고 과묵한 인물이 많은 듯하다. 물론 나의 취향이 반영된 소설을 읽었기에 그럴 수도 있지만, 인기 있는 드라마를 보아도 알 수 있다. 그들만의 신비로움이라고나 할까?

그런데 현실의 여성들도 과묵하고 진중한 사람들을 더 좋아하는 것 같다. 선호하는 로맨스 프로그램들을 봐도, 분위기를 띄우는 적극적인 사람들이 오히려 표를 받지 못하는 모습을 보면 말이다.

놀랍게도, 내가 이렇게 분석적이라니.

어쨌든, 보편적인 로맨스는 만남, 설렘, 연애, 결혼의 순으로 진행된다. 그런데 현실 사랑의 유지 기간은 짧은 것처럼 느껴진다. 예전에 결혼한 지인께서 말씀해 주셨던 기억이 아직도 선연하다.

"결혼은 몇 년은 좋았다가 또 다른 몇 년은 흐렸다가 하는 것 같아요."라는 말이다.

그때는 그분이 조금 이상해 보였던 게 사실이다. '가정에 불화가 있으신가?' 생각하며 의심의 눈길을 보냈던 미숙하고 어렸던 나였다.

하지만 그 말의 의미를 결혼하고, 시간이 훌쩍 지난 후에야 뒤늦게 이해할 수 있었다.

또한 남부러울 것이 없는 F 지인이 가진 딱 하나의 고민이 있는데, 바로 남편이 집에 오면 잠만 잔다는 것이다. 그 뼛속의 외로움을 이해하지 못한 나로서는 남편이 잠들면 내 시간을 더 갖게 될 테니 좋을 것이라고 다소 자기중심적으로 생각했었다.

그런데 남편이 있지만 남의 편인 것만 같은 그 공허한 삶이 옳은 걸까? 좁혀지지 않는 틈은 어떤 느낌일까? 지인의 마음을 뒤늦게 헤아리게 되어 미안한 마음이 들었다.

그러던 어느 날, 찾아온 통찰 하나!
좋아하는 동네 지인들과 모임을 하고 있었다. 절대 빠지지 않는 일과 가정에 관한 토론이 이뤄졌는데, 대문자 T 성향인 예쁜 언니가 말한다.

"내가 지금, 이 나이에 사랑 타령하게 생겼냐고? F인 우리 남편이랑 안 맞아도 너무 안 맞아!"

옆에서 듣던 동생이 연이어 말한다. "언니, 우리 남편도 언니처럼 이성적으로 말하는데, 그럴 때마다 F인 나는 너무 서운해!"라는 말들이 오간다.

이처럼 MBTI에서 F와 T, 마치 S극과 N극처럼 서로 다른 사람을 운명으로 받아들이는 것은 가혹하기만 하다.

좋은 사람이지만, 나와 맞지 않는 사람과의 이별이라는 선택은 쉽지 않다. 물론 결혼 전이라면 시원하게 다시 찾아보자고 말하겠지만, 결혼 후라면 현실적으로 어렵기만 하다.

그래서 난 다년간 로맨스 소설을 읽은 노하우로, '같이 또 다름'이라는 철학을 가지고 가정을 꾸려가고 있다. 즉, 결혼이라는 공동체 속에서 같이 하되, 서로의 다름을 인정해 주는 것이다. 단순하지 않은가?

로맨스 소설 속에서도 그것을 쉽게 찾아볼 수 있다. 아무리 사랑하더라도 속박하는 순간, 그 사랑은 집착으로 변질된다. 서로의 마음은 병들고, 누군가는 후회하고, 결국에는 슬픈 결말을 맞닥뜨릴 확률도 높아진다. 그것은 마치 하늘 위를 나는 새를 새장 속으로 가두는 것과 같은 모양이다.

그 사랑은 아름답지 않게 여겨진다. 누추할 뿐이다.

그래서 나 또한 갈등이 생겼을 땐 다름을 이해하고 인정하려고 애쓴다. 더 나아가 내 생각 자체에 집착하거나 주장하지 않았더니, 힘들었던 순간이 평범하고 소중한 순간으로 바뀌었다.

결국, 누군가를 미워하지 않고 인정했을 때 내 마음이 더 편안했던 것이다.

때론 내가 원할 때 로맨스 상대가 없을 수도 있고, 내 뜻대로 사랑이 풀리지 않을 수도 있다. 그래도 실망하거나 괘념치 않는다.

왜냐고? 나에겐 로맨스 소설이 있으니깐.

고독과 외로움은 다르다. 로맨스 소설과 함께하는 그 순간은 외로움이 아닌, 내 삶을 즐기는 고독의 시간이기 때문이다.

이렇듯 나에겐 '같이 있되 때론 다름을 인정하며 각자의 시간을 보내는 것'이 오히려 서로를 단단하고 완전하게 하는 방법이었다. 마치 자석의 S극과 N극이 서로 당기는 것처럼, 다르기에 분명 보완되는 접점의 순간이 있다는 것을 확실히 경험했기 때문에.

이처럼 서로의 다름을 인정하는 사랑이야말로 농도 깊은 어른의 로맨스이며, 밀당의 진수라고 생각한다.

결국, 나와 다름을 인정하는 로맨스는 나를 빛나게 한다.

"잘해주고 싶은데 방법이 없잖아요, 조은수 씨 늘 도망치니까."

- 신민영의 『뜻밖에 우리는』 중에서

서로의 유토피아_

시간을 거슬러 올라가 정말 죽어라 다퉜던 그날의 감정을 다시 들여다본다.

스무 해를 넘게 살았던 시점에서 종교를 갖고 싶다는 마음이 하늘에 닿았는지 나는 뒤늦게 세례를 받게 된다. 어쩌면 객지 생활에 지쳐 있었던 터라 어딘가에 기대고 싶은 마음이 컸던 것 같기도 하다.

또는 어렸을 때부터 지속되었던 나의 공상이 종교와 맞닿아 있는 건지도 모르겠다는 말도 안 되는 생각들이 세례라는 결과로 나타난 시절이었을지도.

충만한 마음으로 큰 포부를 안고 배우자 기도라는 것을 따라 해 보았다.

방 한 쪽에 촛불을 켜고 무릎을 꿇는다. 속성이긴 하지만 마음을 담아 기도해 본다. 지금 생각해 보면 꽤 절실했던 모양이다. 고단한 하루 끝에 꾸벅꾸벅 졸면서도 나름의 긴 기간 동안 그 행위를 유지했던 걸 보면 말이다. 기도의 끝에 청바지가 잘 어울렸던 남자를 만났다.

나는 마음속에 결혼을 염두에 두고 테스트 아닌 테스트를 해 보았다.

"혹시 나와 같은 종교를 믿어 줄 수 있나요?"

"당신이 정말로 원한다면 할 수 있지요."

그때의 남자 친구는 마치 로맨스 남자 주인공처럼 달콤하고도 이상적인 답변으로 나의 철벽같은 마음을 허물었다. 그렇게 딴따단 결혼했다. 순진하게도 말이다.

지금이라면 그때의 나에게 외칠 것이다.

"세례를 받으면 결혼하겠다고 말했어야지! 어이구, 순진해서는." 하고 말이다.

결혼 이후, 종교는 강요할 수 없는 자유의 영역이라는 태도로
돌변한 밉상 때문에 나는 끙끙 앓아누웠다.

"아니, 아무리 모태신앙도 아니고 교리도 잘 모르는 나지만,
그래도 기도라는 것을 하고 만난 사람인데, 저런 사기꾼이라니!
신이시여, 왜 저를 버리시나이까?" 밤마다 근심이 깊어져 간다.

실은 나조차도 종교의 자유를 인정하지 않는 꽉 막힌 사람은
아니다. 다만 나의 화남 포인트는 바로 '신뢰'이다. 그럼, 처음부
터 솔직하게 말해야 하는 게 아닌가 말이다. 참나.

수명이 길어져서 2/3는 함께 살 가능성이 있는 존재라고 가
정한다면, 앞으로 이 남자를 어떻게 믿고 살아야 하나 막막하기
만 했다. 절벽 아래로 꺼지는 절망 같았다. 그렇게 이견은 쉽사
리 좁혀지지 않았다. 그러던 중 뜻밖에도 로맨스 소설 속 한 구
절을 만나게 된다.

"재촉한다고 봄이 12월에 오든가."

– 정원의 『소심한 순영』 중에서

제자의 말에 한 스승이 건넨 조언의 말이 나의 마음속에 진리가 된 찰나였다. 저 문구가 무어라고 원망하고 조급했던 마음은 사라지고 이리도 나를 편안하게 만들까?

그 뒤 나는 호시탐탐 남편을 재촉하던 모습에서 벗어나 '지금 당장 해결하려 하지 말고 조금 기다려 보자. 때가 있을 거야.'라고 생각하며 의연해질 수 있었다.

로맨스 소설 속에서 관계뿐 아니라 문제를 해결해 가는 삶의 지혜를 배우게 된 것이다.

이렇듯 로맨스 소설은 인물들의 삶 속에서 인생에 대한 혜안과 통찰을 얻게 한다.

물론 혹자는 "꼭 로맨스 소설이 아니더라도, 통찰을 담은 책은 많지 않나요?"라고 반문할 수 있다는 걸 안다. 그것에 대한 나의 대답은 "로맨스 소설은 찐한 사랑을 중심으로 한 생기를 동반한다."라고 말하고 싶다.

로맨스 소설은 무겁지 않은 적절한 긴장감 속에서, 설렘을 동반한 인생 지침서라고 생각하니깐.

그렇다면, 종교를 부정했던 밉상은 어떻게 되었을까?

소설 속 그 구절을 만난 이후, 가자미눈으로 재촉하기에 바빴던 나는 진심으로 상대의 관점에서 이해라는 것을 하게 된다. 시간이 흐른 후 배우자는 결국, 결혼 7년 만에 재수도 아닌, 세번의 시도 끝에 간신히 나와 같은 곳을 지향하게 되었다.

고진감래인 순간이자 대기만성이라고 믿고 싶은 날이었다.

나는 결혼한 지 10년이 넘은 시점에서도 여전히 진정한 배우자의 요건이 무엇인지 생각한다.

퇴근 후 식탁에서 쩝쩝거리며 저녁을 먹고 있는 현실 남자 주인공에게 살짝 묻는다.

"여보, 미래까지 우리 로맨스를 유지하려면 어떻게 해야 할까?"

"같은 곳을 지향해야지."

먹는 모습과는 다른, 조금은 깔끔한 답변이다.

지인 중에 밀알과 들꽃이라고 칭해지는 부부가 있다. 그들은 같은 일을 하며 삶을 즐길 뿐 아니라, 함께 그들의 이상향인 유토피아를 꿈꾸는 듯하다. 선한 영향력으로 주변의 본보기가 되는 부부를 바라보며 문득 생각한 적이 있다.

서로가 서로에게 유토피아가 되어 주는 삶에 대해서.

이처럼, 같은 곳에 시선과 마음을 모아, 이상향을 향해 함께 나아가는 것이 진정한 사랑 아닐까?

비록 지금은 같은 곳을 바라보지만, 지난날 가자미눈으로 배우자를 재촉하기만 했던 그때의 나는 디스토피아를 추구했던 것은 아닐까 하고 반성해 본다.

그리고 항상 이렇게 결론은 성찰로 마무리하게 하는 로맨스 소설이 나에게는 유토피아인 셈이다.

"나 너 없이는 못 살아.",

"너 없이 정말, 아예, 절대 못 산다고."

– 해화의 『가을장마』 중에서

아픔이, 기쁨이 될 수 있게_

어렴풋이 떠오르는 옛 기억들이 있다.

물론 좋은 것만 편집되었을 수 있지만, 내 어릴 적 추억들은 항상 아름답기만 하다.

그 시절 부모님께서도 사이가 좋으셨다. 방 한 칸에 다섯 식구가 옹기종기 모여 앉았다. 김이 모락모락 나는 된장찌개에 함께 숟가락을 담근다. 그리고 흰 눈이 펑펑 오던 날, 아버지와 함께 세 남매는 눈사람을 만들어 모자를 씌우고 눈 코 입을 붙인 후 사진을 찍는다. 소박하지만 행복했던 어린 시절의 기억이고, 가난했지만 따뜻했던 시간이었다.

종종 듣기는 했었다. 기다렸던 남동생이 태어나던 해, 아버지가 교통사고를 당하시는 바람에 운영하시던 사업장을 문 닫게 되어 힘드셨다고.

그런데 어렸던 나는, 우리 가족이 가난한지 몰랐었다. 물론 초등학교에 입학할 시점부터는 다시 유복하게 지냈었기에, 그 시절의 아픔을 정확히 알 길이 없었다.

시간이 흘러 결혼하고, 일 처리를 하기 위해 주민등록 초본을 떼야 할 일이 생겼다. 이전 주소를 반영한 채 출력했더니, 그동안 별 관심도 없었고 의미도 없었던 그 시절 주소 목록이 눈에 들어왔다. 그제야 부모님의 삶이 가슴으로 이해되던 순간이었다.

그리고 그때 교통사고를 당한 아버지를 뵈러 갔지만, 입원실 속 낯선 아버지 모습에 쉽게 다가가지 못했던 어린 날의 기억도 되살아났다. 사고가 난 남편과 갓 태어난 동생까지 아이 세 명을 뒷바라지했을 어머니의 애환과 고통에 눈물지었던 날이다.

한 남자와 한 여자가 만나 두 사람이 되었다.

사랑을 하고 두 명에서 세 명, 세 명에서 다섯 명이 되었다. 서로 행복과 슬픔을 나눈다. 남자는 가족을 위해 책임감 있게 일한다. 여자는 남자와 자식들을 위해 희생한다. 그렇게 삶을 충실하고 바르게 살아온 부모님을 생각하며 나의 노년을 어떻게 보내야 할지 고민해 본다.

한때는 엄마처럼 희생하는 삶은 살지 않겠다고 생각했다. 가사와 육아, 맞벌이까지 척척 해내시던 지난 시절 어머니의 삶이 애처로워 보였는지도 모르겠다. 어쩌면 지금 내 모습과 닮아 있어서 더 감정을 담았을 수도 있겠지.

하지만 시간이 흐르고, 그 시절의 엄마 나이가 된 지금에서야 조금은 알 것 같다.

여물어 가는 사랑에는 어느 정도의 희생이 필요하다는 것을 말이다. 받기만 하고 행복하기만을 바라는 사랑은 다소 어리고 이기적인 사랑일 수도 있다는 깨달음이 찾아왔기 때문이다.

가난했던 시절, 행복했기에 가난한지 몰랐던 것처럼 서로의 아픔을 아픔인지 모르게, 또는 아프지 않도록 상대를 끌어안는 것이 진정한 순도 깊은 사랑이 아닐까?

실은 아직도 대인배였던 엄마만큼의 희생은 못할 것 같다.

그럼에도 엄마처럼 나 외의 다른 생명에게 온기를 아낌없이 나눠주는, 나를 내어 주는 그런 삶을 살아야 후회가 없을 것이라고 생각한다. 부모가 되고, 나 외의 대상에게 사랑이라는 에너지를 쏟아야 한다는 것은 여간 힘든 일이 아니다. 하지만 이제 나의 로맨스도 무르익어가고 있다. 사랑하는 부모님처럼 말이다.

내가 좋아하는 유튜브 채널이 있다. 우연히 채널 속 주인공을 본 날이었다. 로맨스 소설에서 나올법한 수려한 외모에 긍정적인 신념과 가치관을 가진 채널장 중 한 명이었다. 비록 사고로 전신마비 판정을 받았지만 포기하거나 비관하지 않고 재활을 한 끝에 지금은 운전도 하고 자신의 삶을 훌륭히 잘 살아내고 있었다. 걸을 수 없다면 생명이 끝난다고 생각했던 어리석었던 과거의 나에게 또 다른 펀치가 날아온 순간이었다.

그 뒤로 힘들었을 삶을 굳건히 이겨내고 있는 그의 오늘과 미래를 무한히 응원하게 되었다.

그런데 어느 날, 그 훈훈한 청년 곁에 몸과 마음이 보석 같은 로맨스 상대가 생겼다는 기쁜 소식을 접하게 되었다. 책에서나 볼법한 로맨스 소설 속 연인이 튀어나온 것만 같았다. 말 그대로 선남선녀였다. 소설 같은 로맨스는 현실에도 있고, 그들이 결국 자신의 삶 속 로맨스 주인공이 되기도 한다. 무엇이라 설명할 수 없는 환희가 느껴지며, 그들을 통해 사랑의 힘에 대해서도 다시 생각해 보게 되었다.

그리고 또 다른 기억 하나.

특수교육을 배우고자 대학원에 진학했을 때 하반신이 불편하셨지만 배움을 놓지 않으셨던 훌륭한 교수님을 뵈었던 기억. 강의 중 어떻게 세상이 평등할 수 있냐는 기조의 말씀을 하셨던 순간이 아직 뇌리에 있다.

그러면서 잠깐 교수님의 로맨스 이야기를 해 주셨다. 본인을 지원해 주시던 분과 사랑에 빠져, 배우자로 맞이한 이야기를 들으며, 형용할 수 없는 감정이 가슴에 스며들었다.

이처럼 사랑하는 부모님과 유튜브 채널장, 교수님의 삶 속 로맨스를 간접적으로 보고 느끼며, 나는 숭고한 사랑의 가치를 이제야 어렴풋이 알 것 같다.

상대의 지나온 힘들었던 과거까지 감싸안아 주며, 현재와 미래의 행복을 담보 삼아 서로를 사랑하고 희생하는 사람이 되어 주는 것. 그 사랑의 위대함이란 정말 이루 말할 수 없을 것 같다.

희생이란, 힘든 것을 참고 상대를 위해 뭔가 해내는 것으로, 나를 내어 주는 것이란 걸 이제야 알게 되었다. 마음 주고 사랑도 줬지만 희생하지 않았다면 계산만 하다 이기적으로 끝나는 로맨스일 수 있다는 것을 말이다.

미래의 로맨스는 외적 조건이나 취향 유무 등에서 벗어나, 본질을 보아주고 서로의 아픔을 기쁨으로 받아들이는 서로에게 기적이 되어주는 로맨스여야 하지 않을까.

각박한 세상에서 혹시 모를 힘듦이 다가오더라도, 그 옛날 부모님의 사랑처럼 아픔을 기쁨으로 이겨 낼 수 있는 로맨스 상대가 되어주길. 그리고 그 숭고한 사랑을 누군가에 돌려받길 나는 간절히 바라본다.

"난 내 천성을 거스르면서까지 너를 마음에 두었다. 그래서 너여야만 한다."

— 강미강의 『옷소매 붉은 끝동』 중에서

감성 풍부한 로맨티시스트가 되길_

'사람은 나이가 들면 추억으로 산다.'라는 말을 많이 들어보 았다.

조금은 식상한 말에 저항하듯 "나는 나이가 들어도 지나간 것에는 연연하지 않을 거야."라고 오만한 태도를 보였었다.

그런데 그것은 오만함이었음을 시간이 증명해 주었다. 바로 지금, 내가 로맨스를 추억하며 사는 것을 보면 알 수 있듯이 말 이다.

로맨스 소설은 지나온 평범했던 모든 순간에도 나를 특별하 게 만들어 주었다. 힘들 때 위로와 위안이란 이름으로 나를 힐링해 주었고, 삶의 에너지원이 되어 주기도 했다.

과거를 회고하면 로맨스와 관련된 일화가 많았고, 그 속에서의 설렘과 기쁨이라는 청량한 감정을 느꼈다. 로맨스를 사랑하고 로맨틱했던 나였기도 했다.

비록 누군가는 나를 유치한 공상가라고 할지언정 로맨스 소설 읽기를 계속할 것이다.

나는 내 인생의 주인공이자, 로맨스 주인공이기에.

이러한 이유로, 나는 나에게 주어진 로맨스를 해피엔딩으로 이뤄내야 할 의무가 있다. 그리고 앞으로 이뤄 내고 싶은 로맨스도 있다.

나란히 앉은 두 사람은 같은 곳을 바라본다.
반짝이는 눈빛과 편안한 웃음을 띠고 서로를 깊게 응시한다.
따뜻한 손을 잡은 채 함께 걷고, 소소한 일상을 두런두런 나눈다.
말하지 않아도 눈빛으로 공감하고 상대방을 위로한다.
한 번 더 눈을 맞추고 한 번 더 미소를 지어준다.

때론 서로 쳐다보지 않고 이야기하는 노룩(No Look)토크를 하고, 각자의 공간에서 서로의 취향에 집중하는 시간도 있을 테다. 여전히 여유 있는 밤이 되면 나는 이불을 뒤집어쓰고 로맨스 소설을 탐독할 것이고, 주변 지인들에게 너무 재미있는 소설이라고, 읽어 보라고 외칠 것이다. 머리가 희끗희끗해지고 빙글빙글 돋보기안경을 쓴 할머니가 되더라도 말이다.

이렇듯, 나의 로맨스 소설 사랑은 시간이 흘러도 지칠 줄 모를 것이다. 또한 삶은 흐르는 강물처럼 계속 흐를 것이고 로맨스도 쉬지 않고 변화할 것임을 안다.

그럼에도, 그 시간 속에서 서로를 더 생동감 있고 열정적으로 바라보며 함께 로맨스를 성장시키고 싶다.

보통의 일상이지만, 내 옆에 있는 소중한 사람에게 생기를 불어넣는 특별한 내가 되고 싶다.

누군가의 꽃이 되고, 또는 누군가를 꽃으로 만들어 주는 것이 로맨스 상대로 만난 사람들에 대한 예의이자 소임이지 않을까?

서로의 지난 시간을 기꺼이 끌어안고
있는 모습 그대로 인정하고 존중하며

문제를 대화로 해결하고

같은 곳에 시선을 머물러 주길.

서로의 발전을 위해 아낌없이 지원하고

힘든 순간에 함께 보듬어 주는

매력적인 로맨스 상대를 만나길.

또 당신이 그런 사람이 되어 주며

둘만의 로맨스를 영원히 성장시키길.

부디 간절히 염원해 본다.

비록 현실 로맨스 상대가 나타나지 않거나, 사랑이 뜻대로 되지 않더라도 괜찮다. 그것은 그 누구의 잘못도 아니다.

다만, 변치 않는 사실은 우리에게는 기다리면 무료로 볼 수 있는 '기다무' 로맨스 연재가 있고, 언제든 사랑에 빠질 수 있는 로맨스 속 주인공들이 책과 현실 속에서 넘친다는 사실이다.

그러니, 나는 기필코 로맨스 소설을 꾸준히 보는 로맨티시스트가 되라고 외치고 싶다.

　로맨스 소설을 통해서 설렘을 느끼고, 위안과 위로를 받아 삶을 힐링하기를.
　시간이 흘러 나이가 들어도 모든 사람이 생기 있는 감성을 잃지 않기를 바란다.
　그리고 사랑스러운 향기를 풍기는 주인공이 되어, 우리의 로맨스 역사를 사이다 엔딩으로 마무리하는 기적을 꿈꿔 본다.

　나는 어제도 오늘도 내일도 여전히 꿈과 현실, 그리고 로맨스 소설 속에서 사랑을 달린다.

> "내겐 처음 본 순간부터 늘, 당신뿐이었습니다."
>
> ― 홍수연의 『파편』 중에서

에필로그

성장하는 우리의 로맨스

　우연찮은 기회로 본업 외에, 또 하나의 인생 축이 되었던 로맨스라는 주제로 저의 이야기를 적게 되었습니다. 처음에는 로맨스 소설을 읽으며 경험했던 일화를 재미 삼아 적어 보았습니다. 삶을 복기하듯 썼던 글일 뿐이었는데, 이렇게 세상에 알려질 것이라고는 꿈에도 생각지 못했습니다. 첫 원고를 완성한 것만큼이나 출판 권유도 믿기 어려웠던 기적 같은 일이었습니다.

　하지만 흔들리고 불안한 마음으로 시작된 글쓰기가 책 출간이라는 이름으로 마침표를 찍게 되면서, 이제는 걱정보다는 설레는 마음입니다.

　조금 외로웠고 답답했던 과정이었지만 그 속에서 진정한 나와 마주할 수 있었습니다. 잊고 있었던 과거의 나와, 무의식에 있던 나를 새롭게 알게 된 의미 있는 시간이었습니다. 한 꼭지의 글을 적을 때마다 저 또한 다시 사랑을 새롭게 배우게 되었지요.

숨겨 두었던 서랍 속 과거 이야기부터 거슬러 책 속의 연애와 현재 삶 속의 로맨스, 그리고 앞으로 다가올 사랑에 대해 반추하고 성찰하는 과정은 저만의 사랑을 다시 정립할 수 있었던 소중한 시간이었습니다. 무엇보다 남몰래 깊숙이 아껴 두었던 로맨스 소설 이야기를 당당하게 할 수 있게 되어 더할 나위 없이 감격스럽습니다.

어쩌면, 저보다 더 로맨스 소설을 사랑하는 사람들이 있음을 알기에, 부족한 저의 경험이 다소 제한적이거나 주관적인 이야기로 마무리되진 않을까 걱정도 됩니다. 또는 제 글로 누군가 불편하진 않을지 두려움도 안고 있습니다.

그런데도 불구하고, 누군가는 공감하고 또 다른 누군가에게는 위로와 희망이 되는 본질적인 로맨스 이야기를 담고자 노력했습니다.

드넓은 우주 속 지구별에서 만난 시절 인연, 여러분의 로맨스 연인에게 감사를 표했으면 합니다.

불교에서는 억겁의 시간을 거쳐 만난 인연이라고도 말하는데요. 그렇게 우리의 옆에 다가온 인연들을 보며 '이유가 있었기에 만난 인연'이라 귀하게 여기셨으면 합니다. 본인처럼 사랑해 주시길 바랍니다.

비록 아픔과 갈등이 있다고 해도 그것이 더 나은 삶의 우리로 성장시켜 줄 것이라 믿으면서 말이에요. 그것이 로맨스가 존재하는 본질적인 이유이지 않을까 싶습니다.

로맨스라는 단어에서 풍기는 이미지처럼 우리들의 사랑이 달콤하기만 한 건 아니라는 것을 알 나이가 되었습니다. 그래서 말씀드립니다. 여러분의 로맨스에 최선을 다했으면 합니다.

앞으로 우리에게 남은 시간 동안 만나게 되는 인연을 소중히 만들어 가길 간절히 바라봅니다.

그리고 제가 애정해 마지않는 로맨스 소설을 통해서 나이가 들어도 감성은 잃지 않는, 생기 있고 사랑이 넘치는 사람이 되시길 간절히 희망합니다.

감사의 말

이 글이 나오도록 기회를 주시고 강한 동기를 부여해 주신 자기경영노트 성장연구소 운영진들에게 감사의 인사를 먼저 드리고 싶습니다.

항상 "하실 수 있습니다. 잘하고 계십니다."라고 동기 부여를 해 주시는 밀알 김진수 선생님, 사람의 소중함과 섬김의 리더십을 몸소 보여 주시는 정신적 지주 미미(美美) 배정화 선생님, 본인의 삶을 통해 비전 있는 삶을 안내해 주시는 오감나비 최정윤 선생님께 진심으로 감사드립니다.

또한 항상 삶 자체로 본보기를 보여 주시는 꿈긍정맘 김혜경 교감 선생님, 항상 아이디어 뱅크인 우리의 기획자 호기 이현정

선생님께 감사드립니다.

　그리고 저를 자경노로 이끌어 준 성장 친구 꿈빛 정현진 원감님을 비롯한 회원분들에게도 감사를 표합니다.

　더불어 제 글이 세상에 나올 기회를 주신 미다스북스 임종익 본부장님, 안채원 편집자님께도 깊이 감사드립니다.

　항상 훌륭한 관리자의 모습으로 모두의 존경과 본보기가 되어주시는 서울자양초등학교 양금주 교장 선생님과 항상 옆에서 출간을 진심으로 축하해 주시고 조력해 주시는 구봉경 원감 선생님께도 감사의 인사를 드립니다.

　그리고 선데이북스 멤버들과 유아 교육이란 길을 함께 걷고 있는 좋은 동료들, 옆에서 긍정적인 지지를 해 주시는 지인분들에게도 감사의 말씀을 드리고 싶습니다.

　무엇보다 저에게 로맨스 영감을 주는 현실 남자 주인공 최재원과 이루 말할 수 없을 정도로 소중한 두 아들 윤우, 현우에게 무한한 감사와 사랑을 표하고자 합니다.

마지막으로 제가 밝은 로맨스 감성을 가질 수 있었던 것은, 인내와 사랑으로 바르게 잘 길러 주신 부모님 덕분입니다. 이 영광을 부모님과 가족들에게 바칩니다. 영원히 사랑합니다.

- 2024년 2월 평생 로맨스 소설 속 주인공처럼 살고 싶은 정다은

1. 론리하트 김언희 *(2019)* 파란미디어

2. 바스티안 솔체 네이버 시리즈/series.naver.com

3. 사귀다 *미요나(2017)* 다향

4. 소심한 순영 정원 *(2013)* 조은세상

5. 마음을 벗다 *이파람(2014)* 스칼렛

6. 날씨가 좋으면 찾아가겠어요 *이도우(2023)* 수박설탕

7. 상수리나무 아래 김수지 리디/ridibooks.com

8. 사랑도 처방이 되나요 최준서 *(2016)* 파란미디어

9. 궁에는 개꽃이 산다 윤태루 *(2007)* 신영미디어

10. 바람 홍수연 *(2011)* 파란미디어

11. 연애 결혼 해화 *(2014)* 조은세상

12. 1번국도 *이유진(2019)* 카멜

13. 십년지기 송여희 *(2012)* 청어람

14. 울어봐, 빌어도 좋고 솔체 네이버 시리즈/series.naver.com

15. 고백의 이유 *서은수(2018)* 파란미디어

16. 품격을 배반한다 김빠(2022) 로즈엔

17. 불꽃 홍수연(2013) 파란미디어

18. 너와 사는 오늘 우지혜(2018) 피플앤스토리

19. 키메라 홍수연(2022) 파란미디어

20. 낙원의 오후 조강은(2015) 카멜

21. 그 외에도 더 많은 것들 해화(2015) 조은세상

22. 오늘만 사랑한다는 거짓말 남궁현(2016) 파란미디어

23. 재혼황후 히어리 네이버 시리즈/series.naver.com

24. 뜻밖에 우리는 신민영(2016) 가하

25. 가을장마 해화(2015) 조은세상

26. 봄 깊은 밤 이유진(2014) 파란미디어

27. 옷소매 붉은 끝동 강미강(2022) 청어람

28. 파편 홍수연(2016) 파란미디어

29. 정우 홍수연(2010) 파란미디어

30. 태연한 거짓말 김언희(2019) 카멜

46. 퍼스널 쇼퍼 *이유진(2021)* 카멜

47. 광안 *라혜(2017)* 가가린

48. 연정을 품다, 감히 *김빠(2016)* 동아

49. 블랙러시안 *김언희(2014)* 카멜

50. 네가 필요해 *이파람(2021)* 봄출판사(봄미디어)

51. 해중림 *이윤주(2012)* 다향

52. 문제적 왕자님 솔체 네이버 시리즈/series.naver.com

53. 동녘과 백야 *Hirachell* 네이버 시리즈/series.naver.com

54. 러브어페어 *이유진* 네이버 시리즈/series.naver.com

55. 화홍 *이지환(2010)* 청어람

56. 미로 박수정(2023) 새턴

57. 내 안의 악마를 위하여 *피숙혜(2020)* 가연

58. 사랑의 새싹약국 *이유진(2022)* 카멜

59. 그 여름, 나는 최수현(2018) 가하

60. 이섭의 연애 *김언희(2021)* 카멜

* 위 순서는 인기순이 아닌, 저자의 로맨스 판도라 상자 속의 도서 순서입니다.